한마디 말의 의미, 그대에게 바칩니다.

_____ 님께

_____ 드림

카프카의 생각

절망할 수밖에 없어도 절망하지 마라

프란츠 카프카 잠언집

세계명작읽기모임 엮음

함찬북

삶의 길을 비추는 별빛 같은 언어들

어느 날 아침, 불안한 꿈에서 깨어났을 때 몸이 커다란 벌레로 변해 있었다.

비록 카프카의 〈변신〉을 읽지 않았더라도 이렇게 시작되는 소설이 있다는 것쯤은 알고 있는 사람이 많다. 벌레로 변한 그레고르 잠자는 모범적인 직장인이었으며, 한 가족의 생계를 책임진 선량한 시민이었다. 그런데 어느 날 갑자기 벌레로 변신함으로써 인간으로서의 지위를 상실하고 혐오와 경멸의 대상이 되었다. 아무런 잘못도 없었는데 갑작스럽게 주어진 형벌이었다.

그러한 사정은 카프카의 또 다른 소설 〈심판〉에서도 비슷하게 일어난다. 어느 날 요제프 K는 느닷없이 체포당한다. 그리고 분명한 재판 절차도 없이, 무슨 죄를 저질렀는지 설명도 듣지 못한 채 무참하게 처형된다.

이처럼 카프카는 인간의 삶이 외줄타기를 하는 곡예사같이 늘 앞을 내다볼 수 없는 위험에 처해 있으며, 따라서 인간은 불안한 존재일 수밖에 없음을 작품으로 묘사하였다. 그래서 그는 카뮈, 사르트르 등과 함께 실존주의 문학의 선구자로 꼽히고 있다.

카프카 자신도 불안과 고독 속에 살아간 삶의 이방인이었다. 유대인으로 태어났으나 유대교도가 아니었고, 그렇다고 기독교인도 될 수 없었다. 독일어를 사용하면서도 독일인이 아니었고, 프라하에서 태어났으나 체코인도 아니었다. 어릴 때는 독재자로 군림하는 아버지의 강압적 지배로 마음에 상처를 입었고, 작가로서 왕성한 활동을 펼쳐야 할 시기에 폐결핵을 앓아 짧은 생애를 마감해야 했다.

'카프카'라는 체코어는 '까마귀'라는 뜻을 가지고 있다. 카프카는 자신을 날개가 잘린 까마귀로 비유하고는 했다. 그는 태생적으로 불행한 운명을 짊어진 채 태어났다고 생각했으며, 그러한 운명을 담담히 받아들일 마음의 준비가 되어 있었다.

일상적으로 보자면 카프카의 생애는 결코 행복했다고 할 수 없다. 그러나 그는 문학에서 구원의 길을 찾아냈다. 창작에 전념하기 위해 결혼도 포기했고 연인과의 결별도 받아들였다. 그는 생활의 평안을 포기하는 대신 문학을 통해 영원히 사는 길을 추구한 사람이었다.

이처럼 스스로 가치 있는 길을 찾아내어 오직 그 길을 묵묵히 걸어간 카프카의 삶에서는 우리가 귀담아 들어야 할 점이 많다. 이 책의 곳곳에서는 불안과 고독으로 몸부림치는 카프카의 목소리를 들을 수 있다. 하지만 고통스러운 그의 말들은 어느새 읽는 이에게 삶의 길을 제시해주는 별빛으로 바뀌어 반짝인다.

차례

머리말
4 · 삶의 길을 비추는 별빛 같은 언어들

1

8 · 참된 길은 풀잎 위에 뻗어 있다

2

58 · 나는 도대체 어디에 있는 것일까

3

114 · 진실 없는 삶은 있을 수 없다

4

164 · 낙원은 아직 파괴되지 않았다

5

214 · 미래는 이미 내 가슴속에 있다

카프카에 대하여
275 · 너무 연약한 인간이 쓴 아주 강인한 소설들

1

참된 길은
풀잎 위에 뻗어 있다

세 가지 일.

자기 자신을 잊고, 거기에 보이는 모습을 잊고, 보는 눈만을 간직할 것.

또는 두 가지 일이라고도 말할 수 있다.

셋째는 둘째를 포함하므로.

어쩔 수 없는 것은 봄날의 곳간, 봄날의 폐병 환자.

정신은 의지하려는 태도를 그쳤을 때에 비로소 자유로운 것이
된다.

어떤 관계에도 결함은 있게 마련이다.

인간은 커다란 늪의 수면 같은 것이다. 감각이 그를 사로잡으면 그 전체의 환상은 마치 이 늪의 어느 구석에서 작은 개구리가 푸른 물속으로 첨벙 뛰어든 것과 마찬가지가 된다.

인간이란 실망에 실망을 거듭하는 동안 지칠 대로 지쳐서 판단력을 상실하게 된다.

어떤 근심 걱정은 비교적 자랑할 만하고 의미심장하면서도 억제해야 되는 것들이 있다. 하지만 그 궁핍한 작용은 필시 외부에서 삶이 마련해주는 그러한 근심 걱정과 조금도 다를 바가 없다.

결함이 의식 속에서 너무도 시끄러운 소리를 낼 때, 우리 시야에서 그 결함을 차마 제거하려고 하지 못하기 때문에 주로 불안한 생각이 일어나는 것이다.

대상이 쓸모가 없기 때문에 수단이 쓸모가 없음을 간과하는 수도 있다.

무위는 모든 악덕의 시초, 모든 미덕의 절정이다.

악덕은 천국에 의해, 미덕은 지옥에 의해 얻어진다.

참된 길은 한 가닥 풀잎 위에 뻗어 있다.
그 길은 공중에 쳐져 있지 않고 땅 바로 위에 쳐져 있다. 타고 건너기 위한 것이라기보다는 사람이 걸려 넘어지기 위한 것 같다.

내가 갇혀 있는 독방—나의 성채.

결국 우리는 눈에 파묻힌 나무둥치와 같다. 그 나무줄기는 눈 위로 곧게 솟아 있으며, 가볍게 건드려도 쓰러질 것같이 보인다. 그러나 그 나무는 땅속에 단단히 뿌리를 박고 있다.

하지만 그러한 사실조차도 믿을 수 없는 거짓에 지나지 않을지도 모른다.

우리는 누구나 자기 자신의 삶을 사는 것을, 또는 자신의 죽음이 죽어가는 것을 보고 있다. 내적인 정당화가 없다면 이는 이룰 수 없는 일일 것이다.

아무도 정당화되지 않은 삶을 살 수는 없다. 이 일로 인간을 업신여기고, 누구나가 자신의 삶을 여러 가지로 정당화하여 기초하고 있다고 결론을 내릴 수도 있을 것이다.

부정적인 짓을 한다는 것 또한 우리에게 부여된 임무이다. 긍정적인 것은 이미 우리에게 주어져 있다.

매사에 긍정적이 되면 괴로움은 매혹으로 변한다. 그리고 죽음은 하나의 달콤한 삶의 성분이 된다.

무엇이 중요한지는 모른다고 해도, 완전한 미지의 인간이 단호하게 자신을 괴롭히면서 나타났다가는 다시 사라진다.

우리가 일생 동안 해온 것은 인생을 망가뜨리지 않으려고 자제하는 일이었다.

너는 자제하여 이 세상의 고뇌에서 물러나 있을 수 있다. 그것은 너의 자유이며 너의 성질에도 걸맞다.
그러나 그렇게 자제하여 물러나 있는 일이야말로 어쩌면 네가 피할 수 있을지도 모를 유일한 고뇌이다.

위험을 무릅쓰고 낡아 빠진 것을 이야기하는 일은 사실상 현실적이라고 할 수 없다.

하찮은 착오가 경우에 따라서는 인간의 생활을 결정적으로 좌우한다는 사실을 발견하게 된다.

낮에 사람이 약간 지친 것처럼 보인다면 하루가 순조롭게 진행된 증거라고 할 수 있다.

세 가지 일.

자기 자신을 잊고, 거기에 보이는 모습을 잊고, 보는 눈만을 간직할 것.

또는 두 가지 일이라고도 말할 수 있다.

셋째는 둘째를 포함하므로.

네가 벌판을 걸으면서 앞으로 앞으로 나아가려고 하는데도 뒷걸음질을 치고 만다면 이는 절망적인 일이다.

그러나 너는 험한 낭떠러지를 기어오를 때도 있고, 그 험하기가 너 자신을 밑에서 바라보았을 때와 같으니까 뒷걸음질을 치게 된 것이 다만 지형의 탓일지도 모른다. 절망할 필요가 없다.

절망하지 마라. 비록 그대의 모든 형편이 절망할 수밖에 없다고 하더라도 절망하지 마라. 이미 일이 끝난 것처럼 여겨져도 결국은 또다시 새로운 힘이 생기게 된다.

아무도 자기 자신 이상으로 자기를 더 자세히 알지는 못한다.

사람들이 의지할 데라고는 자기 자신밖에 없다.

이성적인 행동을 추구하는 사람에게는 이성적인 눈빛이 있다.

남의 침범을 당하기 쉬운 사람은 그와 똑같은 정도의 저항력이 강하다.

모든 연기 밑에는 불이 있다. 그리고 제 발이 타고 있는 자는 도처에 검은 연기가 눈에 띈다고 해서 그것으로 목숨을 건지게 될 수는 없다.

한 가닥의 지푸라기라고? 많은 사람이 그러한 한 가닥 줄에 매달려 물에 빠지는 것을 면하고 있다.
정말 면하고 있는 것일까?
물에 빠진 사람으로서 구원을 꿈꾸고 있는 것이다.

―❦―

이 세상의 유혹 수단과 이 세상이 다만 한때 머무르는 여인숙에 지나지 않는다는 보증은 같은 것이다. 그래야 이 세상이 우리를 유혹할 수 있는 까닭에 그 사실이 옳으며, 또한 진실에도 어울린다.

―❦―

사람은 누구나 자신의 마음속에서 진실을 부단히 만들어내지 않으면 안 된다. 그렇게 하지 않으면 그는 멸망한다.

―❦―

진실과의 장난은 언제나 생명과의 장난이다.

―❦―

물러가는 자도 그 길을 보고 그 길 앞에서 물러선다.

―❦―

오직 사실에 대한 착상뿐인 사람에게 감정의 불길은 없다.

손바닥에서 경련을 일으키며 몸부림치고 있는 반죽음의 참새보다 지붕 위의 산비둘기가 우리에게는 더 바람직한 것이다.

어떤 문제를 정확하게 파악하는 것과 똑같은 문제를 잘못 파악하는 것은 상반된 일이 아니다.

분별을 이 초라한 그릇 속에 담아 구할 수 있었음은 어쨌든 장한 일이었다. 특히 제격인 것은 손이 둘 있다는 사실이다.

어린아이의 놀이처럼 "어떤 손에 분별이 있지?" 하고 나는 묻는다. 아무도 알아맞히지 못한다. 두 손을 모아 순식간에 분별을 한 손에서 다른 손으로 옮겨버릴 수 있기 때문이다.

착상으로 사건의 방향을 바꿀 필요가 없을 때에 유혹이 가장 강한 법이다.

카프카의 생각

역설은 전달이 불가능한지도 모른다. 그러나 그 전달 불가능성이 그대로의 형태로 표현되는 것은 아니다.

통찰력 있는 눈을 가진 사람에게는 결코 당할 수 없다.

관조와 행동은 둘 다 겉보기만의 진리를 지니고 있다. 하지만 관조에서 비롯된 행동, 아니 차라리 관조로 되돌아가는 행동만이 진리이다.

두뇌 속에는 학식이라는 광선이 침투해 들어간다.

소원이 이루어지면 그 다음부터는 이전에 해보았자 소용이 없었던 약속도 정확히 나타나는 법이다.

요구가 작다고 해서 자기 현혹이 더 클 수는 없다.

—·ᴥ·—

이것이 내가 먹고 자라는 양분이다. 그것은 나의 젊은 뿌리에서부터 올라오는 달콤한 수액이다.

—·ᴥ·—

나는 자기 억제에 힘쓰지 않는다. 자기 억제라는 것은 나의 정신적인 실존이 내뿜고 있는 무한한 방사선의 그 어느 우연한 곳에서 작용하는 것이다. 그러나 자기 주위에 이러한 원주를 긋지 않으면 안 될 때는 아무 짓도 하지 말고, 그 거대한 복합체를 다만 물끄러미 바라보고 있는 편이 낫다. 그리고 나는 반대로 이 광경이 주는 정신적인 영양만을 집으로 가져간다.

—·ᴥ·—

자신과 아주 동떨어진 일에 대해 무어라고 명확하게 판단을 내릴 수는 없다.

—·ᴥ·—

결백성, 순수성 외에 우리가 바라는 것은 아무것도 없다.

카프카의 생각

入안에서 중얼거리는 하찮은 몇 마디. 그것은 곁에 바짝 다가와서 구부린 내 구슬픈 육체에 대고 내리는 명령이다.

수치심 때문에 그 자신을 좀 더 명백히 유지하는 것을 두려워한다.

모든 처사는 모름지기 육체보다는 이성의 가장 힘겨운 작업이라고 할 수 있다.

소유의 정밀성은 인간을 예민하게 만든다.

사람은 종종 자기의 의견에는 무제한적인 자신감을 가지게 된다.

무가치한 것에 맞먹는 무관심으로 행하였던 몇 가지 헛된 일들
이 보다 높은 의의를 지닐 수 있는 것이라고 깨닫게 하기는 불가
능하다.

　아무리 뛰어난 의견이라고 할지라도 머릿속에 떠오르는 것만으
로는 전혀 소용이 없다.

　물질의 종류는 원자 안에 있는 전자의 수효로 규정된다. 군중의
수준은 개개인의 의식에 달려 있다.

　이 인생의 기쁨은 인생의 것이 아니다: 보다 높은 인생으로 올라
가는 데에 대한 우리의 불안일 뿐이다.
　인생의 고통도 마찬가지이다. 그 불안으로 인한 우리들의 자학
일 뿐이다.

오늘날의 군중은 내면적인 무법칙에 의하여 따로따로 노력을 기울이고 있다. 이것이 그들의 끊임없는 운동의 원동력이다.

군중은 빠른 걸음으로 달음박질하여 시간을 꿰뚫어 돌진한다. 어디로? 어디에서부터? 그것은 아무도 모른다. 그들이 행진해 가면 갈수록 목표에서는 멀어진다. 그들은 쓸데없이 힘을 소모해버리면서도 앞으로 가고 있다고 생각한다.

많은 사람들이 기다리고 있다. 어둠에 가려져 있는 것은 수많은 군중이다. 그들은 무엇을 원하고 있는 것일까? 그들이 바라고 있는 것은 분명히 특별한 요구임에 틀림없다. 나는 그 요구를 잘 들어본 뒤에 대답해주리라.

그러나 나는 발코니로 나가지 않겠다. 나가려고 해도 나갈 수 없다. 겨울에는 발코니의 문이 잠겨 있고, 그 열쇠는 내가 가지고 있지 않다.

그렇다고 나는 창가로 갈 생각은 없다. 나는 그 누구의 모습도 보고 싶지 않고, 또 그럼으로써 마음이 흐트러지는 것을 원하지 않는다. 책상, 그것이 나의 유일한 장소이며 그 책상 위에서 두 손으로 머리를 감싸는 것, 그것이 바로 나의 자세인 것이다.

소음을 귀에 듣고 그 소음의 성분들을 하나하나 구별할 수 있다면 곧 그것에 마음을 모조리 빼앗기고 말 것이다.

―――

인생은 무엇으로 사람의 마음을 이탈시키는지, 그것에 대해 생각할 수도 없게 만들고 있는 끊임없는 마음의 이탈이다.

―――

미래에 대한 전망은 일생의 그 내면 속에 담고 있는 것이다.

―――

인디언이 되고 싶다고 나는 생각한다.

끊임없이 몸을 가누면서 질주하는 말 위에서 나는 대기를 가른다. 조용히 떠는 땅 위를 몇 번이고 발길질하다가 이윽고 고삐를 놓는다. 이미 고삐는 없는 것이다. 또다시 박차를 버린다. 이미 박차는 없는 것이다. 그리하여 눈앞에 펼쳐지는 대지가 부드럽게 잘린 풀밭으로 변할 때, 이미 안장 위에 사람은 없고 안장 밑에 말은 없다.

카프카의 생각

인간은 말과 행동이 서로 모순되는 경우가 많다.

정신의 사막. 과거와 미래의 하루하루라는 적지 않은 대상의 빈 껍질.

자기 자신을 방어하기 위해 공격하는 사람이 될 수밖에 없다는 현실의 세상.

우리의 의지, 즉 우리 스스로의 손으로 우리의 몸에 채찍을 휘두르는 것을 허락받고 있다.

자신이 처해 있는 상황을 소중히 여길 줄 알아야 한다.

우리는 겸손한 태도로 꾸준히 무엇인가를 기다리지 않으면 안된다.

미래는 아직 잠자게 내버려두어라. 만일 그대가 일찍 미래를 깨우면 잠에서 덜 깬 현재를 맞이하게 된다.

인류에 대한 사랑, 인류에 의해 완성된 모든 형태에 대한 존경심, 가장 관찰하기 적합한 곳에 조용히 물러나 있어야 할 경우가 있다.

우리가 살고 있는 오직 순간의 다양성 속에서 여러 모습으로 회전하고 있는 다양성. 게다가 아직 그 순간은 그치지 않고 있다.

보라! 이 꼴을.

오직 순간이 중요하다. 순간이 삶을 규정하는 모든 것이다.

카프카의 생각

세상은 짓궂은 것.

고백, 절대적인 고백……. 왈칵 열리는 문의 집 내부에 세계가, 그 그늘진 반영이 지금까지는 바깥에 있던 세계가 그곳에 나타난다.

시작은 최선이다.
그러나 최상의 발단은 아무것도 아니다.

시작하는 데 있어 나쁜 시기란 없다.

최초의 작업은 대단히 어려운 것이다.

—❦—

월동 준비가 잘 되어 있으면 겨울이 길거나 단조로워도 아무런 불평을 할 수 없다.

—❦—

내가 이해하고 있는 한 계획은 목적을 달성해야 하는 것이다.

—❦—

인생은 우리가 앞서 해보려던 계획을 바라보면서 막아낼 수 있는 어떠한 위험도, 물론 그러한 위기에 따른 어떠한 가능성도 우리가 실현하려는 계획에 접근하지 못하도록 한다는 데에 그 본질이 있다.

—❦—

모든 희생을 무릅쓰고라도 어떤 일을 감행하는 것이 가장 현명한 일이라고 생각한다. 동시에 그러면서도 절망적인 결심보다는 냉정하고 분별 있는 행동을 취하는 것이 훨씬 낫다고 생각한다.

카프카의 생각

모든 일에 기회는 얼마든지 있다.

사람은 좋은 기회를 노려 그것을 이용할 줄 알아야 한다.

하나의 목적을 달성하려면 오랜 시간을 기다려야 한다.

그 무엇인가를 찾으려고 애쓰는 자는 찾지 못하고, 아무것도 찾
지 않는 자는 사람에게서 찾는다.

우리는 기회가 있을 때마다 만족을 찾는 습성을 지니고 있는지
도 모른다.

길의 갖가지 정류장에서 볼 수 있는 가지각색의 무희망성.

세상의 저항은 어려운 것이면서 목표가 커지면 커질수록 더 거세진다.

목표는 있으나 길은 없다. 우리가 길이라고 부르는 것은 망설임에 지나지 않는다.

심한 비, 그 휩쓸어 갈 듯한 비를 뚫고 나아가라. 그리고 기다려라. 무한한 빛을 내리쏟는 태양을.

아무도 스스로 꿈을 꾸지 않도록 막을 수는 없다.

카프카의 생각

—⚜—

장래의 일을 걱정하고 있는 자는 현재의 순간만을 걱정하고 있는 자보다 생각이 깊은 것이 아니다. 왜냐하면 현재의 순간조차 걱정하지 않고 다만 그 순간의 계속만을 걱정하고 있기 때문이다.

—⚜—

모든 것은 목표에 이르려고 하고 있으나 목표는 단 하나이다. 하기야 그에 대한 보상도 가능하기는 할 것이다. 즉, 분석은 시간 안에서의 분석으로 그쳐 있다. 따라서 어느 순간에라도 성숙하기는 하지만, 전혀 이루어지지 않는 분석에 불과하다는 것이다.

—⚜—

두 가지의 가능성이 있다.
무한히 몸을 움츠리고 가든지 다만 움츠리고 있든지이다.
후자는 완성이니까 무위이고, 전자는 시작이니까 행위이다.

—⚜—

기적을 행하는 자는 말한다. 나는 이 세상을 버릴 수 없다고.

참된 길은 풀잎 위에 뻗어 있다

태양을 향해 한복판으로, 정면으로 날아오를 필요는 없다. 하지만 때때로 햇빛을 받으면서 몸에 열을 얻을 수 있는 이 지구상의 어느 깨끗한 지점까지는 올라갈 필요가 있다.

자유란 선택될 수 있는 것이 아니다.

자유를 선택할 길이 있을 수 없다는 사실을 언제나 전제한다면 다른 길이란 존재할 수 없다.

길은 무한하다. 거기에는 덜한 것도 더한 것도 없다. 하지만 누구나 그들의 어린아이 같은 팔을 거기에 대고 입을 놀린다.

"아무렴. 너도 이만큼의 거리는 아직 더 걸어야 한다. 네가 그렇게 한 일은 아무도 잊지 않을 거야."

카프카의 생각

인간은 자유로운 의지를 지니고 있다. 그것도 세 가지로.

첫째는 우리가 이 세상에서 살려고 소망했을 때의 자유였다. 그러나 이제는 다시 그것을 취소할 수 없다. 왜냐하면 산다는 것으로 그 당시의 의지를 수행하고 있다는 점 외에는 우리가 살고자 욕망을 가졌던 당시의 사람이 아니기 때문이다.

둘째는 우리가 이 인생에서의 걸음과 길을 고를 수 있다는 점에서의 자유이다.

셋째는 언젠가 이 세상에 존재할 사람으로서 어떤 조건하에서도 이 인생을 끝까지 살아냄으로써 자신으로 되돌아가려고 할 때, 우리는 물론 길을 선택할 수 있으나 그 길이 너무나 미로이기 때문에 이 인생의 모든 토막을 건드리고 걸어가게 될 뿐만 아니라 의지를 지니고 있다는 점에서의 자유이다.

이것이 자유 의지의 세 가지 양상이다. 그러나 이것은 모두 동시에 일어나서 하나의 같은 것인 데다 근본적인 면에서 아무래도 좋은 것이므로, 자유로운 의지든 부자유한 의지든 하나의 의지를 살필 여유 따위는 없는 것이다.

능력이란 스스로 몸에 지니고 있는 것이다.

━━※━━

자유라는 말이 가장 고상한 감정에 속하고 있는 것처럼 이에 따르는 자기 현혹이라는 것도 가장 고상한 감정에 예속되는 것이라고 할 수 있다.

━━※━━

자기 앞에 닥쳐오는 어떤 일이라도 무서워할 필요가 없다.

━━※━━

발자크의 지팡이 손잡이에는 '온갖 장애를 나는 이겨낸다'라고 되어 있다.
내 지팡이의 손잡이에는 '온갖 장애가 나를 이겨낸다'라고 되어 있다.
공통적인 것은 '온갖'이다.

━━※━━

교훈적 원리란 진리의 영원성을 상실하지 않고도 그와 같은 변화에 휩싸여 영원히 이해되지 못한 채 묻혀버리고 마는 것이다.

카프카의 생각

—※—

어느 한 지점으로부터 다시는 되돌아갈 수 없다. 그러나 그 지점에 도달할 수는 있다.

—※—

이론적으로는 완전한 행복에 이를 가능성이 있다. 자기 안의 파괴할 수 없는 것을 믿고, 그것에 도달하려고 애쓰지 않는 일이다.

—※—

사람은 모든 시도를 포기해버리는 경우도 있기는 하지만, 그럴 때도 그것이 단지 표면상의 포기라는 것을, 또는 적어도 무언가 그럴듯한 이유가 있는 포기라는 것을 믿는다.

—※—

전체의 상태와 거의 일치하지 않는 기회—그러한 기회에 있어서는 단지 한마디로, 눈초리 하나로 믿는다는 마음을 조금 나타냄으로써 평생 동안 뼈아프게 고생하는 것보다 더 많은 일을 이룰 수 있다.

바벨탑도 탑에 오르는 일이 없이 세울 수 있었더라면 완성하도록 놓아두었을지도 모른다.

내가 일생 동안 해온 일은 삶에 끝장을 내고 싶은 마음에 저항하는 일이었다.

산다는 것은 삶의 한가운데에 있다는 것이다. 내가 그 속에 삶을 만들어낸 눈으로 삶을 보는 것이다.

생활이란 결코 부도덕한 것이 될 수 없다.

똑같은 경우를 당하게 되면 누구라도 똑같은 행동을 하게 된다.

———※———

한탄의 무의미함. 그것에 대한 대꾸가 머릿속을 쑤시는 듯한 아픔이다.

———※———

이는 오래된 속담인데, 우리는 스스로 이 세상을 놓지 않고 있으면서 이 세상이 우리를 놓지 않는다고 한탄하는 것이다.

———※———

후각을 끈질기게 완전히 지속시킨다는 것은 흔히 있는 위험의 전제 조건이 아닐까?

———※———

위험은 환상적인 것이 아니라 그야말로 실질적인 것이다.

———※———

미로에 빠져든 사람은 방황하게 마련이다.

인간은 자기 자신을 바라볼 수 없다. 그는 어둠 속에 있다.

자신의 결벽성에 대해 다른 모든 사람들이 유의한다는 것을 알아야 한다.

일이 성공할 수 있는지의 여부는 자신이 몸소 확인하고 안에 들어가보아야만 판명이 날 것이다.

사람들은 진리를 곧 깨닫지 못하고, 말하자면 그다지 가치 없는 일 때문에 자신의 건강을 해친다.

인간은 세상과 생과 결투를 한다.

너와 세상의 싸움에서는 세상 편에 서라.

인간은 순간적인 것—환영, 옛 추억 등 지나갔는데도 불구하고 사라져가는 과거의 생활—들이 지금도 현실적인 생활로 존재하고 있는 듯한 착각에 빠진다.

지나간 일은 아름답다. 모든 것이 멀어진 뒤에 일정한 간격을 두고 바라보면 지나간 인생이 멋져 보인다.

이 세상의 결정적인 특징은 그 덧없음이다.

침실에서는 더 말할 필요 없이 침대가 제일인 것이다.

밤이 무섭다. 밤이 아님이 무섭다.

───◦◦◦───

밤에는 무의식중에 사물을 사적인 관점에서 파악하기 쉬우므로 공적인 판단을 그르칠 수 있다.

───◦◦◦───

아무것도 없다. 영상뿐이다. 따로는 아무것도 없다. 완전한 망각이다.

───◦◦◦───

피할 수 없다고 함은 그 명령이 아무 준비도 없이 잠들어 있는 사람을 엄습하는 꿈처럼 갑자기 내게 엄습해 오기 때문이다.

───◦◦◦───

고독은 형벌을 수반할 뿐이다.

카프카의 생각

침대 속에서는 아무리 생각해본다고 해도 별로 신통한 생각을 얻을 수 없다.

이 세상에 공포와 비애와 적막이 있음을 우리도 알고 있지만, 그것도 다만 이 같은 것들이 표면만을 스치는 막연한 일반적인 감정일 때에 한한 이야기이다.

귀를 곤두세우고 있으려니까 얼핏 보기에는 조용한 가운데 하루하루가, 계절과 한 해가, 세대와 세기가 차례로 바뀌어간다. 말이 묶여 있는 마차의 앞에서 달리고 있는 것과 조금도 다를 바 없다.

나는 꼴불견스러운 모습으로 어엿한 장비를 갖추고 이 세상을 달리는 말을 타고 있다.

끝없이 음산한 어느 일요일 오후. 모든 세월을 먹어버리고 그 세월로 이루어진 오후. 이따금 절망하여 인기척 없는 거리를 거닐고, 이따금 안정된 마음으로 소파 위에 눕는다. 끊임없이 흘러가는 무의미한 구름을 보고 놀라기도 한다. '너는 내일의 위대한 월요일을 위해 지켜지고 있는 것이다.' '그러나 이 일요일은 영원히 끝나지 않을걸.'

모든 것은 짧은 시간에 이루어진다.

우리는 욕망이라는 쇠망치를 가지고 있다. 그러나 그것을 사용할 수는 없다. 자루가 시뻘겋게 달아 있기 때문이다.

참느니 마음대로 살아라.

굶주린 개는 장난은 쳐도 감히 식탁으로 뛰어오르지는 못한다.

알지 못하는 어느 누구에게 복종한다는 것. 그것은 죄악이다.

죄악은 모든 병의 뿌리이며, 인간의 사멸성의 원인이다.

인간에게도 자기 보호를 신성시하는 한낱 짐승으로서의 정당한 본능이 있다.

아무도 속여서는 안 된다. 세상으로부터 그 승리를 편취해서도 안 된다.

집에서 밖으로 반드시 나갈 필요는 없다. 책상 앞에 앉은 채로 귀를 기울이는 것이다. 아니, 귀를 기울일 것도 없다. 오직 기다리는 것이다. 아니, 기다릴 것도 없다. 그저 가만히 혼자 있는 것이다. 그러면 세계는 스스로 가면을 벗으려고 올 것이다. 어쩔 수 없이 네 눈앞에서 세계는 황홀하게 몸부림칠 것이다.

위협하는 것은 오로지 외부에만 있는 것이 아니라 땅속에도 있다. 아직 그러한 원수를 본 적은 없지만, 전해 오는 전설에 의하면 땅속에 적들이 있다고 운운하는데 사실 그러한 전설을 확신하지 않을 수 없다. 이것은 땅속의 은밀한 참모습이다.

인생은 숫자놀이 그 이상의 것이다.

사람들의 천성은 참으로 알 수 없는 것이다.

카프카의 생각

제멋대로 놀아서는 결국 휴식과 질서를 가지기 어렵다.

한 몸이 두 지게를 지지는 못한다.

여러 가지로 연관성을 가지고 있는 문제는 그 하나가 다른 것을 통해 유기적인 지지를 받을 수 있다.

실망으로 말미암아 겁을 먹거나 풀이 죽어서는 큰일을 그르치기 쉽다.

자신이 해야 할 일은 자신만이 할 수 있다.

사람은 마음먹기에 따라 모든 일을 뜻대로 지배할 수 있다.

―――

무식한 자에게는 오히려 대담하게 단행하는 이점이 있다.

―――

사람들이 종종 어느 문제에 관해 지껄일 때는 자기 자신도 억제하지 못할 만큼 소리가 커지는 경우도 있다.

―――

수많은 속임수는 굉장히 교묘해서 결국에는 자멸하게 된다.

―――

인간의 근본적인 약점은 인간이 승리를 쟁취할 수 없다는 점에서가 아니라, 인간이 그 승리를 빈틈없이 이용할 수 없다는 점에 있다.

카프카의 생각

새로운 계획은 모두 하나같이 힘겨운 노력을 필요로 한다. 새롭게 계산을 해보아야 하며, 가끔은 부담을 가지게 마련이다.

확실하지 않은 방법은 오히려 기회를 망치게 한다.

마음이 우울할 때에 정신은 오히려 맑아진다.

자신의 불행은 자기가 가진 지식을 확증하고 있는 것이라고 할 수 있다.

확신은 마음의 안정을 가져다주든지 아니면 절망을 가져다준다.

———✿———

사람들은 일정한 관념을 가지게 된 뒤에는 어떤 수단을 써더라도 영원히 그 관념에서 벗어나지 못한다.

———✿———

여러 가지 문제에서 사건을 파악하는 열정만이 결정적인 요소가 될 수 있다.

———✿———

정신적인 세계 외에는 아무것도 존재하지 않는다는 사실은 우리에게서 희망을 빼앗아 가는 대신 우리에게 확신을 부여한다.

———✿———

나는 잤다. 나는 일어나고 자고 일어났다. 비참한 삶이다.

———✿———

나를 하나의 꿈으로 생각하십시오.

카프카의 생각

—❦—

나는 결코 타협이라는 꿈을 꿀 수는 없다.

—❦—

나는 잠을 잘 수 없다. 오직 꿈을 꿀 뿐이다. 잠 없는 꿈을.

—❦—

이제부터 대략 새벽 5시까지, 밤새도록, 비록 잠이 든다고 해도 너무나 강력한 꿈에 사로잡힌 나머지 동시에 의식이 깨어 있을 수밖에 없는, 그러한 상태가 계속된다. 형식적으로야 내 육신과 나란히 누워 잠을 자는 것이기는 하다. 그러나 사실은 그동안 꿈으로 나 자신을 쉴 새 없이 두들겨대야만 하는 것이다.

5시 무렵, 최후의 잠 한 조각까지도 모두 사라져버리면 그때부터는 오직 꿈을 꿀 뿐이다. 그것은 깨어 있는 것보다 더욱 힘들다. 나는 밤새도록, 건강한 사람이라면 잠들기 직전에 잠시 느끼는 그런 몽롱한 상태를 유지하게 된다.

잠에서 깨어나면 모든 꿈들이 내 주변에 모여 있다. 그러나 나는 그 꿈들을 기억해내지 않으려고 애쓴다. 왜냐하면 밤사이에 모든 희망이 사라졌기 때문이다.

사람은 잠을 자야 한다. 너무 일찍 일어나면 바보가 될지도 모르니까.

───※───

'신이 가까이 있다'는 것과 '올바르게 산다'는 것은 거의 동일하다.

───※───

같은 사람 안에 전혀 다른 것이면서도 대상은 똑같은 여러 인식이 있다. 이는 결국 같은 사람 안에 다른 주체가 여럿 있다는 뜻 외에는 아무것도 아니다.

───※───

탁월한 사고력에 대한 만족감과 자기 자신에 대한 만족감이야말로 건전한 어린아이다운 순진성의 잔재로, 사람들의 얼굴에 간직된다고 할 수 있다.

사고를 할 수 있는 시기부터, 그 밖의 모든 것은 대수롭지 않다고 여기는 정신적인 생존권의 보다 심오한 우수를 품게 된다.

냉랭한 자부심 속에서는 바른 정신을 털끝만큼도 찾아낼 수 없다.

실패를 만회하기 위해 유효하다고 생각되면 속이고, 거짓말을 하고, 갖은 나쁜 짓이라도 저지르는 것이 인간의 속성이다.

아름다운 추억은 슬픔이 섞이면 섞일수록 더욱더 달콤해진다.

소유라는 것은 없다. 있는 것은 존재뿐이다. 마지막 숨결을, 아니 질식을 찾고 있는 존재뿐이다.

도대체 알 수 없다. 내가 지니고 있었던 모든 것들이 내 손에서 빠져나간 느낌이다. 그리고 설혹 그것들이 다시 내게 돌아온다고 해도 나는 왠지 모르게 허전할 것만 같다.

자신을 뿌리쳐버리라는 것이 아니라 자신을 써서 없애라는 것이다.

자신이 느끼는 절망이 정당한 것인지 아닌지는 아무도 알 수 없다. 그러나 어느 정도의 근거는 그 점을 잘 생각해보는 것으로 얻어질 수 있다. 한 번도 그렇게 한 적이 없었기 때문에 나는 손해를 보아온 것이다.

세상에는 자기 자신과 부딪쳐 형편없이 망가져서 꼼짝달싹할 수 없는 사물이 많이 존재하고 있다.

키프카의 생각

사물들은 현실 속에서 사로 도와가면서 조화를 이룰 수는 없다.

큰 불행한 일이 일어난 집에서 흔히 그렇듯이 문을 열어놓는 일이 허다하다.

한순간 불행하게 했던 일은 시간이 지나면서 자신감을 안겨준다.

살아갈 능력이 없지는 않으나 인생을 견딜 능력은 없다.

아무리 해도 우리의 머리에서 떠나지 않는 의문이 있다. 우리가 태어나면서 그로부터 해방되어 있지 않는 이상은.

이 세상에서만 고뇌는 고뇌이다.

그러나 이 세상에서 고뇌하는 자가 그 고뇌 탓으로 어느 다른 곳에서 높임을 받아야 한다는 말은 아니다. 이 세상에서 고뇌라고 불리는 것이 다른 세상에서는 그 자체는 변함없이 다만 그 반대의 것에서 해방되어 기쁨이 된다는 말이다.

우리 주변에 있는 온갖 고뇌를 우리도 역시 고뇌하지 않으면 안 된다. 우리 모두가 하나의 육체를 지니고 있는 것은 아니나 같은 하나의 성장을 하고 있으며, 그 때문에 우리는 이것저것 서로 다른 형태면서도 온갖 고통을 겪고 돌아다니게 마련이다.

어린아이가 온갖 인생의 단계를 거쳐 노인으로, 그리고 죽음으로까지 발전하듯이—근본적으로는 어느 단계에도, 그전의 단계에도 소망으로나 공포로나 도달하기 어렵게 보이는 법—우리도 이 세상의 모든 고뇌를 편력하여 발전하는 것이다. 이러한 상황에서는 정의를 위한 여지가 없다.

그러나 또한 고뇌에 대한 공포를 위한 여지도 없을 뿐만 아니라 고뇌를 공적으로 해석할 여지도 없다.

살기 위한 맨 처음 두 가지 과제는 너의 생활권을 차츰차츰 축소하는 일, 그리고 너의 생활권 밖의 그 어느 곳에 네가 몸을 숨기고 있지 않는지를 되풀이하여 살피는 일.

우리는 자신의 요구를 제한할 줄 알아야 한다.

2

나는 도대체
어디에 있는 것일까

청춘은 햇빛과 사랑으로 채워져 있다.

청춘은 행복하다.

아름다움을 볼 수 있는 능력을 가지고 있기 때문이다.

이 능력이 상실되면 위안 없는 몰락과 불행이 시작된다.

새장이 마침내 새를 찾으러 나섰다.

아름다운 상처를 가지고 이 세상에 나왔다. 그것이 태어나기 전
에 내가 준비한 전부이다.

사람들과 사귀면 결국 자기 관찰로 빠져들게 된다.

나는 도대체 어디에 있는 것일까요? 누가 나를 검증할 수 있을까요? 내 자신을 들여다보면 수많은 불명확한 것들이 뒤엉켜 있는 것을 보게 됩니다. 따라서 나는 내 자신에 대한 거부감을 정확히 밝힐 수도 없고 받아들일 수도 없습니다.

오늘은 나 자신을 비난하고 싶은 심정조차 들지 않는다. 이처럼 공허한 날에는 비난의 소리를 외친다고 해도 꺼림칙한 메아리 외에는 돌아오는 것이 없는 법이다.

남과 나라는 말이 다르다고 해보았자 다른 사람들을 두고 어떻게 불평을 할 수 있을 것인가?

많은 대화를 나누다 보면 생각하는 모든 것에서 보다 중요한 것, 권리를 빼앗기기 쉽다.

카프카의 생각

타인을 괴롭히려고 하던, 그리고 이제 와서 내 주변의 자리를 모두 차지해버린 그 모든 사람들은 하루하루가 잘도 흘러감에 따라 손톱 하나 건드릴 필요가 없는데도 점점 억눌림을 당하고 있다.

우리는 항상 싸우고 있다. 그런데 거기에는 두 가지 종류가 있다. 하나는 남에게 의지하지 않고 상대방의 힘을 측량해보는 기사적인 것으로서, 즉 사람은 누구나 홀로 존재하는 것이며 제 스스로 패배하고 제 스스로 승리하는 것이다. 다른 하나는 찔러댈 뿐만 아니라 동시에 자기 생명을 보존하기 위해 피를 빨아먹는 해충의 투쟁이다.

파괴할 수 없는 것은 오직 하나이다.

개개의 사람이라면 누구나 그러하며, 또한 동시에 그것은 모든 사람들에게 공통된다. 사람들은 비할 수 없을 만큼 서로 떼어놓을 수 없게 맺어져 있기 때문이다.

가령 한 개의 사과에 대해서도 품을 수 있는 견해의 차이라는 것이 있다. 식탁 위의 사과를 가까이서 보기 위해 발돋움하지 않으면 안 되는 어린아이의 견해와 사과를 손에 들고 마음대로 손님에게 내어줄 수 있는 집주인의 견해이다.

아무리 접근하기 쉽고 유순한 인간들도 가끔 그들에 의해 감정적이라고는 해도 의구심을 품게 하는 인간성의 조화가 나타난다. 또는 개개인의 발달에서 발견되는 공통성이 드러나는 것 같다. 그것이 비록 개개인의 감정 속에 가장 깊숙이 숨어 있는 것이라고 하더라도.

결코 일어나서는 안 되는, 그러면서도 되풀이하여 일어나는 인생의 우연 하나가 너를 혼자 몸으로 춤의 대열에 밀어 넣을지도 모른다. 그렇게 되면 춤의 대열도 그 때문에 혼란을 일으킬지도 모르지만, 너는 그것을 모르고 그저 너의 불행만 알고 있을 뿐이다.

정신적인 투쟁에서 자신과 남을 구별하는 무의미함. (무의미함이라고 하면 말이 너무 강하다.)

갖가지 모양으로 주름을 잡고 가장자리에 장식을 단 옷이 봄을 아름답게 감싸고 있는 것을 볼 때마다 나는 생각한다. 언제까지나 이 상태로 있는 것은 아니다. 구겨지고, 윤기가 없어지고, 먼지가 쌓이게 된다. 그 누구든지 하나의 멋진 옷을 아침에 입고 저녁에 벗는다는 그러한 슬프고도 우스운 나날을 되풀이하고 싶은 생각은 없을 것이라고.

그런데 내가 보는 아가씨들은 용모도 뛰어나고, 육감적인 근육, 귀여운 골격, 부드러운 피부, 풍성한 머리카락의 소유자들이다. 그녀들은 매일같이 이러한 가식적인 장식들을 몸에 달고 나타나서, 변함없는 거울을 손바닥 위에 올려놓고 여전히 변함없는 그 얼굴을 비추어보고 있다.

하지만 밤늦게 그 어느 파티에서 돌아오게 되면 거울 속의 자신은 낡고 퉁퉁 부어 있으며, 먼지투성이에다 많은 사람들 앞에 드러내버려 쓸모가 없어진 딱한 사람이라는 사실을 비로소 깨닫게 될 것이다.

진정한 적에게서는 무한한 용기가 내게로 흘러든다.

불순한 것은 순수한 것에 접근할 수 없다.

어떤 외적인 접근보다는 멀리 떨어져 있으면서도 진실성이 깃든 접근이 필요하다.

인간은 타인의 행위는 탓하지 않고 그 사람 자체를 공박하는 버릇을 가지고 있다.

실내에만 죽치고 앉아 있으면 누구든지 다른 사람들이 어디에 있는지를 확실히 일지 못할 것이다.

카프카의 생각

게으름은 모든 악의 출발이면서, 거꾸로 모든 미덕의 왕관이다.

피로한 시간에 게으름을 피울 수 있고, 그러면서도 뜻을 완전히 같이하는 사람의 도움으로 힘들이지 않고 원하는 곳까지 인도될 수 있는 인간은 행복하다고 할 수 있다.

산봉우리는 서로 마주보고 있다. 이에 비해 산봉우리의 그늘에 있는 분지와 작은 골짜기는 대개 같은 수준에 존재하면서도 서로 아무것도 모르고 있다.

나뭇잎 아래에 숨듯이 어떤 의도 밑에도 병이 숨어 있다. 네가 그것을 보려고 몸을 굽히고 상대방이 발견되었음을 깨달으면, 그 병의 깡마르고 말이 없는 악의는 급히 뛰어올라서 짓밟히기는커녕 네게서 임신하려고 든다.

어떤 방법이라도, 어떤 단계라도 후방에서의 원조를 얻을 수 없는 투쟁. 그 사실을 잘 알면서도 늘 잊어버린다. 그리고 설령 잊지 않은 경우에도 역시 원조를 찾고야 만다.

찾는다는 것도 그저 찾으면서 몸을 쉬기 위한 것으로, 그러한 짓을 하면 복수를 당한다는 것을 알고 있으면서도 그 짓을 한다.

근면, 인내, 침착성, 대담성에 대한 불신, 이러한 모든 것은 가정을 충실히 유지하는 데에 필연적인 요소이다.

나는 이제까지 한 번도 남의 존재나 눈길이나 판단이 내게 가한 책임의 압박을 받은 적이 없다.

성대한 소풍이 좋은 것으로 여겨지면 모두를 쉽게 만나게 되리라는 예견을 할 수 있다.

너는 나에게 창문과도 같은 존재야. 그 창문을 통해 나는 밖을 내다볼 수 있지. 혼자서는 할 수 없어. 나는 키가 큰데도 창틀에 미치지 못하기 때문이지.

언제나 사람의 눈을 속이는 것은 외관에 관한 일인지도 모른다. 인간은 전체로서 즉각 모든 것에 순응하지만, 사람들은 우선 인간의 외관으로 판단하기 때문이다. 말하자면 사람들은 이 세상의 상황 변화를 결코 인정할 수 없게 되어 있는 것이다.

관찰하는 자는 어느 의미에서 남과 함께 사는 사람이다. 그는 살아 있는 것에 집착하며, 바람과 걸음걸이를 맞추려고 한다. 내가 하고 싶지 않은 것이다.

언어란 고향의 소리를 내는 호흡이다.

—❦—

제가 제일 처음으로 배운 것은 악수였습니다. 악수라는 것은 솔직함을 증명하지요,

—❦—

대화가 다시 악수로 그치면, 우리 생활의 순수하고 확고한 짜임을 한동안은 믿고 그것을 존경하면서도 떠나가는 셈이 된다.

—❦—

나는 가장 친한 벗들의 사랑과 그리고 음악에 대해 아무것도 이해하지 못한다고 생각하면 언제나 비애에 잠기게 된다. 그것은 죽음의 미풍이며 입김이다. 순식간에 사라지는 것이다.

그러나 그 순간에 내게 명백해지는 것은 나와 가장 가까운 사람들까지도 나한테서 무한히 멀어져 있다는 사실이다. 그래서 내 얼굴은 험상궂은 표정을 짓는 것이므로 당신은 용서해주어야 한다.

—❦—

우리가 가진 유일한 인생은 일상이다.

카프카의 생각

사람이 의식하고 살면 오랜 고향도 아주 변해간다. 타인에 대한 자신의 구속과 의무를 똑똑히 의식하고 살면 본래의 인간이라는 구속을 통해서만 자유롭게 되는 것이다. 자유는 인생 최고의 것이다.

　가증스러운 것, 우리의 마음을 비탄으로 채우는 것같이 그렇게까지 이 세상은 추악한 것만은 아니다. 오히려 이 세상도 참으로 아름다운 것이 될 수 있다고 생각하는 것, 덤불을 꽃밭으로 바꾸는 것이 오직 인간에게 달려 있다고 생각한다.

　우연이란 인과관계를 모르는 사건들이 함께 일어나는 것을 일컫는 말이다. 그런데 원인이 없는 세계는 존재하지 않는다. 그러므로 우연은 본래부터 이 세상에 있는 것이 아니라 다만 여기, 오직 우리의 마음속, 우리의 제한된 지각 가운데에 있을 따름이다. 그것은 우리의 인식 중에서 영상에 불과하다. 우연에 대한 투쟁에서 승리할 수는 없다.

웃음은 자기 자신이나 주위의 여러 사람들을 안심시킨다.

다른 세계에서, 즉 외부에서 남을 완전히 믿는다는 것은 불가능한 일이다.

다른 사람의 호의를 받는 것이 몸에 배는 것은 쉬운 일이다.

누구를 돕겠다는 것은 하나의 병이라고도 할 수 있다.

중요시하지 않을 때에 한해 격려를 하는 것은 아무런 도움이 되지 않는다.

카프카의 생각

마음먹은 생각들이 완전무결하게, 그리고 끈질기게 실천되기까지 혹평을 감수한다는 것은 거의 불가능에 가깝다.

단지 사적으로, 한 개인의 이해관계에 봉사한다는 목적으로 무턱대고 사건의 결과에 대해 간섭할 수는 없다.

내게는 이해관계가 얽힌 모든 의견들이 의아스럽다. 나는 자유롭게 생각할 수 있는 것을 좋아하며, 내가 주장하는 의견에서 어떤 이익이라도 얻게 되면 곧바로 혹시 속은 것이 아닐까 하고 두려워하게 된다. 마치 뇌물이라도 받은 것처럼.

인간은 마음속으로 불멸하는 어떤 것을 언제까지나 믿지 않으면 살 수 없다. 하지만 불멸하는 것뿐만 아니라 신뢰감도 그의 마음속에 언제까지나 남아 있을 수 있다.

간섭의 전제 조건은 오로지 서로에 대한 강력한 신뢰감일 수밖에 없다.

흥분한 사람을 타이르려고 하면 더욱더 흥분하기 때문에 가만히 있는 것이 현명할지도 모른다.

너에게 모든 책임이 부과된다면 너는 그 순간을 이용하여 그 책임에 몸을 바칠 수 있으리라. 물론 해보는 것이 좋다. 그러면 너는 너에게 아무것도 부과된 것이 아니며, 네가 책임 그 자체라는 사실을 깨달을 것이다.

입속에 무언가 좋은 것을 넣은 채 쉬고 싶은 장소에서 푹 쉰다는 것, 그리고 구미에 맞는 무엇을 삼킨다는 것은 그렇게 나쁜 일은 아니다.

카프카의 생각

아침 식사는 하루 중에서 가장 중요한 부분이다.

———

열중한 사람과 물에 빠진 사람은 둘 다 팔을 쳐든다. 전자는 원소와의 일치를, 후자는 원소와의 대항을 보여주는 증거이다.

———

일의 시작은 네가 음식 대신 그가 쥐고 있는 모든 단검 뭉치를 네 입속에 털어넣으려고 하여 그를 놀라게 하는 것이다.

———

먹을 것도 밖에 있으면 훨씬 더 좋은 것을 얻게 된다.

———

체력에는 한계가 있으며, 이 한계라는 것은 다른 경우에도 의미가 크다는 사실을 무시할 수 없다.

명예욕은 사업 속에서 만족을 찾아야 한다.

침묵은 완벽함의 장식품에 속한다.

선인들은 같은 걸음걸이로 걷고 있다. 그들이 있는 것을 깨닫지 못하고 다른 자들은 주변에서 시대의 댄스를 추고 있다.

모함이란 비교적 죄가 없다고 할 수 있다. 결국 따져보면 인간의 무력한 방어 수단에 지나지 않는다.

상처를 입지 않도록 배려하면서 말하면 그렇게 할수록 더 큰 상처를 줄 뿐이다.

카프카의 생각

━━❧━━

후한 대접을 받고 있는 사람은 억압을 받고 있는 사람에게 여러 가지 친절이 무거운 짐이 된다고 변명한다. 하지만 그 친절이야말로 후한 대접을 유지하기 위한 배려 외의 아무것도 아니다.

━━❧━━

행복을 위해서는 침묵으로 충분할 뿐만 아니라 침묵이야말로 단 하나의 가능한 일이다.

━━❧━━

만사가 충족되고 꿈꾸는 행복이 모두 이루어지는 일은 없다.

━━❧━━

이웃 사람에 이르는 길은 대개는 매우 길다.

━━❧━━

나는 오로지 나 자신만을 닮아간다.

우리가 행복을 기다리는 바로 그 순간에도 행복은 늘 그 자리에서 우리를 기다리고 있다.

행복한 시간은 위험한 시간이기도 하다. 이러한 시간을 이용할 줄 아는 사람은 위기감을 느낄 새도 없이 남을 쉽게 파멸시킬 수 있다.

네가 서 있는 이 대지가 두 다리로 덮어둘 수 있기보다 크지는 못하다는 행복—그것을 이해해야 한다.

인류가 범하는 모든 잘못은 참을성의 부족으로 생겨난 것이다. 순서에 따라 차근차근 단계를 밟아야 하는 일을 지나치게 서둘러서 망쳐버리거나, 겉모습이 그럴듯하게 닮았다고 해서 실제로 그렇지 않은 일까지도 하나의 테두리 안에 가두어놓고 있다.

카프카의 생각

사람은 자신이 그 이웃 사람을 찾고 있다는 사실을 모르며, 그 사람이 이웃에 살고 있다는 사실도 모른다. 그런데도 그 찾고 있는 사람은 대체로 이웃에 살고 있다.

물론 이 같은 일반적인 경험적 사실 자체는 사람이 알고 있어도 무방하다. 다만 그러한 지식은 늘 마음에 담아두고 있으면서도 전혀 쓰임새가 없는 것일 뿐이다.

이 세상에서 이웃을 사랑하는 사람은 이 세상에서 자신을 사랑하는 사람과 똑같을 만큼 부정을 저지르고 있다. 문제로 남는 것은 다만 전자가 가능할까 하는 것뿐이다.

고백과 거짓말은 같은 것이다. 고백할 수 있기 위해서는 거짓말을 하지 않으면 안 된다. 사람이 사람임을 사람은 표현할 수 없다. 왜냐하면 사람은 바로 사람이기 때문이다. 전달할 수 있는 것은 사람이 그것이 아닐 때로서, 즉 거짓뿐이다. 코러스 속에서라면 일종의 진리는 존재하고 있는지도 모르겠다.

될 수 있는 대로 거짓말을 하게 되면 될 수 있는 대로 적게 거짓
말을 하는 것이지만, 될 수 있는 대로 거짓말을 할 수 있는 기회가
적어지면 될 수 있는 대로 적게 거짓말을 한다는 뜻은 아니다.

삶의 바퀴가 얼마나 큰지는 일면에서 인류의 과거를 되돌아볼
때에 수다로 차 있고, 다른 일면에서는 그 수다가 다만 사람이 거
짓을 구사하려고 할 때만 가능하다는 사실에서 알아낼 수 있다.

인간은 중상모략이 적당한 수단이라고 생각되면 주저하지 않고
그것을 일삼는다.

사람이 일단 경멸하는 마음을 품게 되면 인격이든 또는 소유물
이든 모두가 예외 없이 경멸의 대상이 되어버린다.

카프카의 생각

흐리멍덩하고 애매한 태도야말로 타인을 어리둥절하게 만든다.

예라는 것은 예외적인 경우에만 들 수 있다.

세상이란 다양한 것.

가시 수풀은 예전부터 길을 차단하고 있는 법이다. 앞으로 나아
가려면 불을 질러 태워버리는 수밖에 없다.

올바른 발자취는 이미 영원히 놓치고 말았다는, 어떻게 그토록
굳은 확신을, 어떻게 그 같은 무관심을 사람들은 가질 수 있을까?

나는 도대체 어디에 있는 것일까

무관심은 불안과 죄의식으로 인한 신경 장애를 막기 위한 유일한 방어 수단이기도 하다.

———

쌓이고 쌓인 분노나 불안은 언젠가 한 번은 터지게 마련이다.

———

인간은 자그마하고 가련한 자아의 고독 속으로부터 어린아이와 같은 소동 속으로 도피한다.

———

어린아이들도 그들 나름대로 지닌 장점이 없을 수 없을 것이다.

———

자기네의 장난감을 개조하였다고 생각하는 것은 아주 작은 어린아이들뿐이다.

카프카의 생각

어린아이들이 모두 좋은 길에 이를 때까지 그렇게 오래도록 찾고자 하는 인내심과 대담성을 가지고 있는 것은 아니다.

겨우 아장아장 걸어갈 수 있는 어린아이에게 무턱대고 앞으로 나아가라고는 할 수는 없다.

어린아이에게는 어떤 교습이나 강의가 아니라 실제적인 생활을 직접 몸으로 보여주는 본보기가 필요하다.

놀이에 정신이 팔려 있는 한 어린아이가 의자 위로 올라가서 더 높은 곳에까지 올라가려고 한다. 그때 기억에서 완전히 사라진 아버지가 그 놀이에 참여하고 있다면, 사람들은 아버지가 모습을 드러내지 않는 것보다 훨씬 더 안전하다고 생각할 것이다.

어린아이가 어른이 되는 것은 단 한 발자국, 단 한 번의 몸부림에 지나지 않는다. 고독해지고 부모로부터 떨어진다는 것, 이것이 어린아이가 어른이 되는 단 한 발자국이다.

성인의 찌그러진 얼굴 표정은 가끔 소년의 얼어붙은 당황한 표정에 불과할 때가 있다.

영원한 나의 유년 시절, 다시금 들려오는 삶의 소리. 삶의 찬란함이 그 누구의 주위에도, 또한 어느 때에도 완전히 충만한 모습으로 마련되어 있다는 것은 충분히 생각해볼 수 있는 일이다.

은둔자로 산다는 것은 메스꺼운 일이다. 사람들이 온 세상에 알을 낳는다면 태양이 그 알들을 부화시키리라. 그래서 사람들이 혀를 깨물기보다는 삶을 물어뜯기를.

카프카의 생각

순간의 기분에 영향을 주고, 그 기분 속에서까지도 작용하고, 끝내는 판단 그 자체 속에 작용하는 모든 사실을 분명히 주목하여 판단을 내린다는 것은 결코 쉬운 일이 아니다. 그러므로 어제의 나는 확고했으나 오늘의 나는 절망하고 있다.

그렇습니다. 인간은 절망적입니다. 인간은 쉴 새 없이 증대하는 군중 속에서 시시각각으로 점점 더 고독해지니까요.

젊음을 간직한다는 것은 의타심의 유일한 작용이라고 할 수 있다.

젊은이들은 늘 그러했듯이 사소한 일을 엄청난 예외적 사실로 지나치게 과장하여 생각하고 있다.

인생은 아주 젊었을 때부터 쓰게 마련이다. 우리는 쓴 인생을 달콤하게 만들지 않으면 안 된다.

청춘의 무의미함, 청춘에 대한 공포, 무의미함에 대한 공포, 비인간적인 생활이 무의미로 올라서는 데에 대한 공포. 내게는 여러 가지 가능성이 존재하고 있다. 그것은 틀림없는 사실이다. 그러나 어느 돌 밑에 숨어 있는 것일까?

오늘날 자유롭고 평안한 청춘을 생각하는 것은 참 어려운 일이다. 청춘과 공포에 찬 물결, 모든 것은 범람한다.

청춘은 햇빛과 사랑으로 채워져 있다. 청춘은 행복하다. 아름다움을 볼 수 있는 능력을 가지고 있기 때문이다. 이 능력이 상실되면 위안 없는 노년과 몰락, 그리고 불행이 시작되는 것이다.

카프카의 생각

젊음은 완전한 파멸이 있다고 믿지 않는 것이다.

인간은 나이가 들수록 시야도 그만큼 넓어진다. 그러나 생의 가능성은 그만큼 더 작아진다. 최후에 남는 것은 단 한 번 쳐다보고, 단 한 번 숨을 쉬는 것이다. 그 순간 인간은 마지막으로 자신의 전 생애를 바라본다. 처음이자 마지막으로.

나는 결코 장년을 체험하지 않을 것이다.
어린아이로부터 곧바로 백발의 노인이 될 것이다.

선물을 한다는 것은 행운이다.
그것이 정직하고 또한 순간적으로 다른 사람을 기쁘게 해주는 행위라는 것은 틀림없는 사실이다.

나는 집에서 떠나 있으며, 집에 있었던 것이 오래전에 영원으로 헤엄쳐 갔다고 할지라도 나는 끊임없이 집으로 편지를 써야 했다.

편지를 쓰는 것을 미루다 보면 거기에 엄청난 이자가 불어나서 결국은 도망쳐 다니는 빚쟁이가 되고 만다. 답장을 해야 할 쌓여진 이 편지들.

나는 편지에 즉각 응답하는 사람이 아닙니다. 대신 누군가 나에게 정기적으로 편지를 써주기를 기다리지도 않습니다. 나는 한 번도 편지가 늦게 온다고 실망하지 않습니다. 매일 참을성 있게 그 편지를 기다렸던 때라도 말입니다.

정든 두 사람이 헤어질 때는 그 마지막 순간에 서로 할 말이 산더미처럼 많은 법이다.

카프카의 생각

편지에 의해 일어나는 생각은 끝이 없고, 또 그러한 깊은 생각에 잠기다가 마침 어디서 멈추게 되는지는 우연에 의해 정해질 따름이다.

당신에게 편지를 쓰지 않을 때에 오히려 당신과 더 가까이 있습니다. 골목길을 다니면서 끊임없이 당신을 기억하고, 혼자서 또는 사람들과 함께 있을 때에 당신의 편지를 얼굴에 가져다대고 당신의 목에서 나는 듯한 냄새를 맡으면 그 어느 때보다 당신을 마음속에서 느낍니다.

당신이 나를 죽이지 않으면 당신은 살인자예요!

떠나버린 여자에게 빠져서 그리워하는 것은 결코 어려운 일이 아니다.

단 한마디만, 단 한 가지 소원만, 단지 얼마 안 되는 공기의 움직임만, 네가 아직 살아서 기다리고 있다는 단 한 가지 증명만, 아니 소원이 아니라 숨만, 숨도 아니라 단지 마음의 준비만, 마음의 준비도 아닌 단지 생각만, 생각도 아닌 단지 편안한 잠만.

당신의 편지는 내 마지막 편지의 답신도 아니고 우리의 약속과도 맞지 않아요. 내가 그것을 비난하자는 것은 아닙니다. 내 편지도 그럴 테니까.

새로운 것이 있다면 이 편지가 그동안의 끊임없는 서신 왕래와는 별도로 쓰인 것이라는 점입니다. 그 때문에, 그리고 당신이 이러한 요약을 원했기 때문에 분명한 답장을 받을 거라는 희망을 내가 가지고 있다는 점입니다.

당신의 답장을 애타게 기다리고 있습니다. 당신은 내 편지를 얼마나 비난할는지 모르지만 답장은 보내야 합니다. 나는 매우 조급하게 당신의 답장을 기다리고 있습니다.

카프카의 생각

결코 편지를 포기할 수는 없습니다. 당신에게서 소식이 오기를 열망하고 있습니다. 당신의 편지를 통해서만 나는 가장 부차적인 삶이라고 할지라도 그것을 표현할 능력을 얻습니다. 새끼손가락을 올바르게 움직이는 일에도 당신의 편지가 필요합니다.

소식이 없을 때면 예전의 민감한 감정에 사로잡힙니다. 내게는 신뢰가 부족합니다. 편지를 쓰는 행복한 시간에만 신뢰를 회복합니다. 그 밖의 경우에는 온 세계가 내게 적대감을 보입니다. 나는 언제나 당신의 편지가 오지 않는 모든 이유를 곰곰이 생각해봅니다. 마치 절망적인 기분에서 어떤 물건을 찾기 위해 똑같은 장소를 백 번이나 뒤지는 것처럼 수없이 많은 생각이 교차하지요.

나는 지쳐 있다. 잠을 잠으로써 나는 어떻게든 나 자신을 회복하려고 애쓰지 않으면 안 된다. 그러지 않으면 나는 파멸이다. 자기를 지켜나가기 위한 이 기막힌 고통. 그 어떤 기념비를 세운다고 하더라도 이렇듯 많은 힘의 소비를 필요로 하지 않으리라.

너, 작은 영혼이
춤을 추며 뛰어오르네.
따사로운 대기에 머리를 누이고
바람에 살랑거리며 반짝이는 풀밭에서
발을 들어 올리네.

모든 지식이 다 누구랄 것 없이 착해질 때까지 그토록 오랫동안 끈기와 대담성을 찾아야 하는 것은 아니다.

한 사람에게 관심을 가진다는 사실만으로도 만족할 수 있다.

그 만남은 여태껏 한 번도 보지 못했던 타오르는 불꽃과도 같았다. 더욱이 그녀는 비상한 재치와 용기, 지성 등 모든 것을 열정 속에 품고 있었다.

진실로 자신을 이해해주는 여성을 갖는다는 것은 신을 갖는다는 것과 다를 바 없다.

사랑하는 순간에 인간은 자신뿐만 아니라 타인에 대해서도 책임이 있다. 인간은 이때 일종의 도취 상태에 있게 되는데, 이 도취 상태는 판단력을 감소시킨다.

나의 존재는 당신에게 헌정된 것입니다.

사랑과 불결의 구별은 사랑하는 남자의 의지에 달려 있다.

나는 더욱 강해졌다네. 여자들에게 말을 걸 수 있게 되었어.

사랑에 이르는 길은 언제나 불결함과 비참함을 거쳐서 가게 된다. 그런데 이 길을 경멸하면 목표를 상실하는 결과를 초래하기 쉽다.

　　요양원에서 나는 한 아가씨, 아니 한 소녀와 사랑에 빠졌습니다. 18세쯤 되는 스위스 소녀였습니다. 그녀는 이탈리아 제노바 근처에서 오래 살았습니다. 성숙한 편은 아니나 병적인 성격에도 불구하고 장점이 아주 많으며 속이 깊습니다. 공허하고 황폐한 상태에 놓인 나를 구원하기 위해서는 훨씬 평범한 한 소녀만으로 충분할 것입니다.

　　당신이 우리의 베를린 생활에 대해 써 보내자마자 나는 그에 관한 꿈을 꾸었습니다. 아주 많은 꿈을 꾸었으나 구체적으로 설명할 수 있을 만큼 기억에 남는 것은 없습니다. 꿈은 이제 단지 슬픔과 행복감이 뒤섞인 감정으로 변하여 내 안에 머물러 있을 뿐입니다.

매우 늦은 시각입니다, 사랑하는 이여.

나는 이제 잠자리에 들겠지만 잠을 자지는 못할 것입니다. 잠을 자는 것이 아니라 단지 꿈을 꾸게 되겠지요. 예를 들자면 어젯밤처럼. 어젯밤 꿈에서 어느 다리를, 혹은 부둣가 난간을 향해 달려갔듯이 말이죠.

거기 우연히 난간 위에 놓여 있던 두 개의 전화기를 양쪽 귀에 가져다대고는 소식을 들을 수 있기를, 줄곧 오직 그 하나만을 간절히 소망했지요. 그러나 전화기로부터는 아무런 소리도 들려오지 않았습니다. 단지 구슬프면서도 힘찬, 무언의 노래와 바다의 파도 소리가 들려올 뿐이었지요.

그제야 나는 알아차렸습니다, 인간의 목소리는 이러한 소리를 뚫고 전달될 수 없다는 것을. 하지만 그럼에도 불구하고 나는 전화기를 내려놓지 않았고, 자리를 뜨지도 않았습니다.

나는 당신에게로 갔습니다. 너무나 아름다운 당신에게로. 당신 곁에 숨고자 당신에게로 갔습니다. 당신의 두 손 사이에 얼굴을 묻습니다. 너무나 행복했고 자랑스러웠으며 자유로웠고 강해졌습니다.

여자는 남자를 유한한 것 속으로 끌어넣으려고 사방에서 노리고 있는 함정이다. 자의로 그 함정 속에 뛰어들게 되면 그 위험성은 사라진다. 그런데 이에 익숙해져서 한 함정을 정복하면 다시 모든 여자의 덫이 입을 벌린다.

관능의 사랑은 사람을 속여서 천국의 사랑으로 생각하게 한다. 관능의 사랑만으로는 될 수 없는 일이지만, 천국의 사랑의 요소를 무의식적으로 지니고 있기 때문에 그것이 가능할 수 있는 것이다.

항상 죽기를 요구하면서 자기 자신을 지키는 것, 그것만이 사랑이다.

사랑이란 무의식중에 은근히 알게 되는 것이다.

방의 천장을 두드리면서—그녀는 내 방의 위층에 살았다— 우리가 한 번도 명확한 이해에 다다르지 못할 암호 같은 공간을 관찰했다. 나는 그녀의 대답을 기다렸다.

나는 창가에 몸을 기대고 그녀에게 인사를 했다. 때때로 그녀로부터 축복에 찬 인사를 받기도 했다.

나는 그녀의 방에서 들려오는 발소리를 들으면서 그 소리 하나하나를 은밀한 신호로 해석했다. 나는 그녀가 자기 전에 기침을 하고 노래하는 소리를 들었다.

사랑이란 생각보다 아주 간단한 것이다. 우리의 삶을 보다 높이고 확대하고 풍부하게 하는 그 모든 것이 사랑이다.

나는 우리가 함께하는 삶에서 지속적으로 진실을 유지할 수 없다고 생각합니다. 그리고 나는 진실이 없는 우리의 삶을 참을 수 없을 것입니다.

삶은 그녀를 통해 나에게 손을 내밀었다.

사랑은 수레처럼 그 자체에는 아무런 문제가 없다. 다만 문제가 되는 것은 운전자이며 승객이며 도로일 뿐이다.

편지를 교환할 때마다 나는 고통스럽다. 만약 우리가 같이 살게 된다면 나는 화형을 시켜야 할 정도로 위험한 광인이 될 것이다.

참된 사랑은 어떤 명예스러운 지위에도 의존하지 않는다.

너는 해치워야만 될 숙제, 그것이다. 주변에는 숙제를 도와줄 학생이 하나도 없다.

카프카의 생각

자신을 완전히 이해해주는 사람은 없다.

결합과 시간이 흘러가는 데에 대한 불안감, 그러할 때면 결코 혼자 있을 수 없다.

섹스는 함께 있다는 행복에 벌을 주는 것이다. 될 수 있는 대로 금욕 생활을 할 것.

많은 금욕주의자들은 가장 욕심이 많은 자들이다.

대학생보다도 더욱 강한 금욕 생활을 할 것. 내게는 그것이 부부 생활을 견디어낼 수 있는 유일한 길이다. 그러나 그녀의 생각은?

그는 목표점에 오르기 위한 수단으로 금욕주의를 지키는 사람이 아니라 지나친 명민함과 순결함, 타협을 하지 못하는 무능력 때문에 금욕주의에 구속된 사람입니다.

내가 진정 두려워하는 것—우리가 말할 수 있거나 들을 수 있는 이야기 가운데 이보다 더 나쁜 경우는 없습니다—은 내가 결코 당신을 소유할 수 없다는 점입니다. 최상의 경우라면 마치 광적으로 따르는 개처럼 내가 당신의 손에 입을 맞추면서 만족하는 것이겠지요.

내가 어떻게 당신에게 갈 수 있을 것인지 생각해보십시오. 그리고 유대인이기 때문에 그만큼 더 긴, 내가 지나온 38년이라는 여로가 어떤 것인지를.

만날 수 있으리라고는 기대도 하지 못했던 당신을 우연이라고도 볼 수 있는 길모퉁이에서 만난 지금, 너무 늦은 것은 아니라고 해도 나는 소리칠 수 없습니다.

내가 예쁜 처녀를 만나서 "같이 가주지 않겠소?"하고 청했을 때, 그녀는 아무 말 없이 지나쳐버리면서 이렇게 생각할 것이다.

'당신은 평판이 높은 공자님도 아니고, 푸른 풀밭의 청결한 대기와 그곳을 흐르는 시냇물에 깨끗해진 피부를 지닌 미국 사람도 아니며, 나는 어디에 있는지도 모르나 그 넓은 대양을 향해본 적도 없지 않으세요. 그러니 예쁜 처녀인 내가 왜 당신과 같이 가야 된다고 생각하시는지, 오히려 이쪽에서 묻고 싶군요.'

독신 생활은 한없이 규칙적이며 공허하고 망상적이다.

독신과 자살은 서로 닮은 인식의 단계에 서 있다. 자살과 순교는 전혀 그렇지 않고, 그럴지도 모르는 것이 결혼과 순교이다.

결혼 생활은 가장 엄청난 강요의 가능성이다.

자식이 없이 지내야 하는 불행한 사람은 자신의 불운 속에서 끔찍이도 헤어나지 못한다. 쇄신을 해보려는 희망도 전혀 없으며, 더 유리한 별자리를 기대하게끔 주위에서 도와주지도 않는다.

독신으로 지내는 늙은이가 친구들과 어울려 하룻밤을 보내고 싶은 생각이 간절하여 사람들을 부르고 싶지만, 막상 체면을 지키기 어려워 고민하는 것은 몹시 비참한 일이다. 음식을 손수 장만해야 하고 온화한 분위기도 마련해야 할 텐데, 그럴 기분도 없을뿐더러 단지 난처해하는 모습과 화가 난 얼굴만을 손님들에게 선물로 줄 뿐이니 말이다.

문간에서 작별 인사를 나누고 들어와도 반겨줄 아내가 없다. 앞아서 창밖의 경치를 바라보며 위로를 받을 수 있을 뿐이다. 다른 사람들의 살림방과 나란히 있는 그의 방에는 한쪽에만 문들이 있다. 다른 집 가족들과 격리되어 있는 것이다.

얼마 후에는 이러한 것들이 모두 필요가 없게 되고, 남들의 자식을 부러워하면서도 내게는 자식이 하나도 없다고 말하는 것조차 용납이 안 된다. 그의 주위에는 자라나고 있는 식구가 없기 때문에 자신이 늙어가는 줄도 모른다.

카프카의 생각

결혼을 한다는 것은 사실상 가장 엄청난 일이면서 가장 축하할 만한 자립성을 부여하는 일이다.

결혼은 가장 예민한 자기 해방인 동시에 자립성을 위한 서민 계급의 특권이다.

결혼에 의한 존재와 확대의 고양, 교회의 설교, 이미 전부 예감했던 것이다.

내가 무어라고 한마디 입에 담으면 그것은 즉석에서, 아니면 최종적으로 그 중요성을 잃고 만다. 또한 그것을 글로 써놓는다고 해도 역시 그 중요성을 잃는 것은 마찬가지이다. 그러나 이따금씩 새로운 중요성을 획득한다.

채찍이 무서워서 복종하는 결혼 생활은 결코 행복할 수 없다.

네 의지는 자유이다. 네 의지는 그것이 황야를 원할 때에 자유이고, 그 황야를 가로지르는 길을 선택할 수 있는 까닭에 자유이며, 걸음새를 고를 수 있는 까닭에 자유이다.

그러나 네 의지는 네가 황야를 지나쳐 가지 않으면 안 되기에 또한 부자유이기도 하고, 어느 길도 미로와 같아서 부자유이며, 모두가 반드시 폭이 한 걸음의 황야를 지나기 때문에 부자유이다.

여성, 아니 좀 더 분명히 말해 결혼은 네가 대결해야 할 인생의 대표자이기도 하다.

우리의 생각과 견해가 일치하고 전망을 내다볼 수 있더라도 나는 결혼하지 않을 것이다. 나 자신의 인생을 책임질 수 없는 터에 남의 인생을 책임질 수는 없는 것 아닌가?

각 세대를 잇는 끈이 너라는 존재의 끈은 아니지만, 그러나 그 양자 사이에 관련은 있다. 어떤 관련일까? 각 세대는 너의 생명의 각 순간처럼 죽어가는 것이다. 어디에 차이가 있는 것일까?

카프카의 생각

결혼은 한 가정을 이루고 태어나는 모든 자녀들을 품안에 받아들여 이 같은 불안한 세계 속에서 양육을 하면서 아주 조금은 더 지도를 하는 것. 신념의 면에서 볼 때에 그것은 한 인간의 성패를 가늠할 수 있는 궁극적인 일이다.

가정생활은 매일의 곡예이다. 퍽 위험한 것이다. 이 곡예로는 목이 부러지는 것이 아니라 직접 영혼이 부러질 수도 있다.

가정의 수호신, 신앙보다 즐거운 일이 또 있을까?

어린아이인 제게 당신의 말씀은 하늘의 명령이었습니다. 저는 그것을 잊을 수 없습니다. 그것은 저에게 세계를 판단하는 가장 중요한 잣대로 남았으며, 또한 아버지인 당신을 판단하는 잣대였습니다. 바로 이 점에서 당신은 완전히 실패한 것입니다.

부모와의 토론은 뒷날에 있게 될 생존 경쟁의 한 전형이 될 수도 있다.

출산이 강요될 수는 있지만, 자녀 교육이 강요될 수 있다고는 생각하기 어렵다.

내가 늘 피난처를 찾을 수 있었던 곳은 어머니의 품이었다.

어머니의 지극한 사랑과 헌신 덕분에 아버지는 마침내 아이들과의 갈등에서 독자적인 정신적 권력을 표상할 수 있게 되었다.

오늘 우리의 사랑은 아버지와 어머니의 사랑의 반복이다.

＊

　자녀들이 부모에게 진 빚을 나중에 갚게 될 것을 두려워한다는 데서 종종 결혼 생활에 대한 불안감이 생겨난다고 할 수 있다. 내가 늘 어머니를 사랑한 것은 아니다. 내가 그렇게 할 수 있었고, 또 그녀가 당연히 사랑을 받을 만한 자격이 있었는데도 불구하고.

＊

　어머니는 한집안 전체의 공통된 고뇌뿐만 아니라 가족 구성원 개개인의 고뇌까지도 함께 겪는다.

＊

　자식들이 이미 파괴해놓은 것을 어머니는 잘 다듬어놓는다.

＊

　어머니는 하루 종일 일을 했다. 자신의 처지를 조금이라도 이해해달라고 바라는 일이 없이 당연한 것처럼 즐거워하거나 슬퍼했다. 그녀의 목소리는 맑았으나 일상적인 대화를 나누기에는 시끄러웠다. 누군가가 슬퍼할 때에 그녀는 친절을 베풀었다.

곤란한 처지에 놓일 때면 아버지는 어머니에게 도와달라고 부탁한다. 어머니는 아버지의 뜻에 거스르는 일은 절대로 하지 않고, 모든 것을 아버지의 말씀에 순종하기 때문이다. 이치에 맞지 않음을 분명히 알 수 있는데도.

어느 날 아침, 잠들어 있던 그레고르는 뒤숭숭한 꿈에서 깨어나자마자 자신이 침대 속에서 한 마리의 커다란 벌레로 변해 있는 것을 발견했다. 갑옷처럼 딱딱한 등을 밑으로 하고 누워 있었는데, 그가 머리를 약간 쳐들자 볼록하게 부풀어 오른 자신의 갈색 배가 여러 마디로 나뉘어져 있는 것이 보였다. 배 위의 불룩한 부분에는 이불의 끝자락이 가까스로 걸려 있었으나 금방이라도 미끄러져 내릴 것 같았다. 그리고 몸뚱이에 비해 너무나 가느다란 수많은 다리가 그의 눈앞에서 힘없이 흔들거리고 있었다.

'도대체 어떻게 된 일이지?' 하고 그는 생각했다. 꿈은 아니었다. 주위를 둘러보니 조금 좁기는 해도 어쨌든 사람이 사는 방이라고 할 수 있는 자신의 방이 낯익은 네 개의 벽으로 둘러싸여 있었다.

"내쫓아야 해요!" 하고 누이동생이 외쳤다.

"그렇게 하는 수밖에 없어요, 아버지! 저것이 그레고르 오빠라는 생각을 버리셔야 돼요. 여태까지 오랫동안 그렇게 믿어왔던 것이 우리들의 불행이었어요. 어째서 저것이 오빠란 말이에요? 정말 오빠라면 사람이 저런 동물과 함께 살 수 없다는 경종을 벌써 알아차리고 스스로 나가버렸을 거예요. 그러면 오빠는 없더라도 우리들이 안심하고 살아갈 수 있고, 언제까지나 오빠를 소중하게 회상할 수 있잖아요? 그런데 저것은 우리를 못살게 굴고, 하숙인들을 쫓아내고, 나중에는 이 집 전부를 차지하여 우리들까지 길가에서 자게 할 거예요. 저것 좀 보세요, 아버지."

그의 등에 박힌 썩은 사과와 부드러운 먼지로 덮인 곪은 언저리도 어느덧 거의 느낄 수 없게 되었다. 감동과 사랑으로 식구들을 회상했다. 그가 없어져야 한다는 것에 대한 생각은 누이동생보다 더 단호했다. 시계탑의 시계가 새벽 세 시를 알릴 때까지 그는 내내 이처럼 텅 비고 평화로운 숙고의 상태에 있었다. 세상이 밝아지기 시작하는 것도 그는 보았다. 그의 머리가 자신도 모르게 힘없이 떨어졌고, 그의 콧구멍에서 마지막 숨결이 약하게 흘러나왔다.

그런 뒤 그들은 함께 집을 나섰다. 몇 달 만에 이 같은 일은 처음이었다. 그들은 전차를 타고 교외로 나갔다. 전차 안에는 그들뿐이었으며, 따스한 햇살이 전차 안으로 비쳐 들어왔다. 그들은 의자에 등을 기대고 편안히 앉은 채 앞으로의 일들을 이것저것 상의했다.

생각해보면 그들의 앞날이 그리 어두운 것만은 아니었다. 이제까지 서로 물어본 적은 없었으나 세 사람의 직업은 모두 괜찮은 편이었고, 앞으로도 전망은 밝은 편이기 때문이었다.

현재 가장 급한 문제는 환경의 변화지만 집을 옮기면 쉽사리 해결될 수 있었다. 지금까지 그들은 그레고르가 마련한 집에서 계속 살아왔다. 그러나 세 사람에게는 현재의 그 집보다 작고 집세도 싸고 무엇보다 위치가 좋고 전체적으로 실용적인 집이 필요했다.

어렸을 때는 주로 식사 시간에 아버지를 보았기 때문에 아버지의 훈육은 대개 식사법과 예절에 대한 것이었습니다. 차려놓은 것은 모두 먹어라, 음식 투정을 말아라 하는 식으로요. 그런데도 종종 당신은 음식이 형편없다고 투정했습니다.

식탁을 감도는 침울한 고요는 번번이 훈계에 의해 깨졌지요.

"먼저 먹어라. 이야기는 나중에 하고." "빨리 먹어라. 더 빨리. 더 빨리 먹어." 이런 식이었습니다. 뼈는 씹어서는 안 되었습니다. 당신도 그렇게 했습니다. 잔을 입으로 빨아서는 안 되었습니다. 당신도 그렇게 했습니다. 문제는 빵을 똑바로 써는 것이었습니다. 당신은 소스가 뚝뚝 떨어지는 나이프로 빵을 썰면서도 전혀 개의치 않았습니다. 음식 부스러기가 바닥에 떨어지지 않도록 조심해야 한다고 하면서도 가장 많이 떨어져 있는 곳은 당신의 자리였습니다. 식탁에서는 먹는 일에만 전념해야 될 텐데, 당신은 손톱을 자르고 연필을 깎거나 이쑤시개로 귀를 후볐습니다.

아버지, 부디 제가 하는 말을 오해하지 마십시오. 이같이 사소한 일은 그 자체만으로는 실로 무가치한 일입니다. 그러나 이러한 일이 저에게 괴로움을 준 것은, 제가 보기에 너무도 권위적이셨던 바로 당신이 저에게 강요하시던 계율을 당신 자신은 지키지 않았다는 사실 때문입니다.

그 결과, 저의 세계는 세 부분으로 갈라졌습니다. 첫 번째 세계는 '나'라는 노예가 살고 있습니다. 저 하나만을 위해 고안된 법률의 지배를 받으면서도 저는 웬일인지 이것을 제대로 지키지 못했습니다. 두 번째 세계는 아주 먼 곳으로 거기에는 당신이 살고 있습니다. 당신은 다스리고 명령하고 불복종에 대해 분노하면서 바쁘게 지내십니다. 마지막으로 세 번째 세계는 명령이나 복종 따위는 없이 다른 사람들이 행복하게 살고 있는 곳입니다.

저는 끊임없이 굴욕 속에서 살고 있습니다. 당신의 명령에 복종

했기 때문입니다. 그것은 굴욕이었습니다. 그러한 명령은 저만을 상대로 유효했기 때문입니다. 그래서 반항해보았지요. 하지만 역시 굴욕이었습니다. 저로서는 감히 당신께 반항할 수조차 없었기 때문입니다.

그렇다고 아버지의 명령을 그대로 따를 힘도 없었습니다. 저는 아버지만큼 체력이나 식욕이나 재능을 가지고 있지 못했기 때문입니다. 그런데도 당신께서는 마치 당연한 일인 것처럼 저에게 그대로 따를 것을 요구하셨습니다. 이것이야말로 진정 최대의 굴욕이었습니다. 다만 이는 분별력을 갖고 골똘히 생각했던 것이 아니라 단지 어린아이의 느낌이었을 뿐입니다.

제가 당신의 영향을 전혀 받지 않고 자랐다면 아마도 저는 분명히 당신의 마음에 드는 사람이 될 수 없었을 것입니다. 동시에 저는 약하고 근심이 많고 우유부단하고 불안한 존재가 되었을 것이 분명합니다.

어렸을 때였는데, 저는 한 사건을 분명히 기억하고 있습니다. 아버지도 기억하고 계실지는 모르겠습니다.

어느 날 밤, 저는 물이 먹고 싶다고 계속 울어댔습니다. 특별히 목이 마른 것은 아니었고, 단지 누군가를 화나게 만들고 싶거나 제 기분을 달래고 싶어서였습니다.

몇 번인가 심하게 꾸지람을 들었지만 소용이 없자, 당신은 저를 마루로 끌어내어 문을 닫고 속옷 차림으로 세워두셨습니다. 저는 그것이 잘못되었다고 말하는 것이 아닙니다. 다른 식으로는 밤의 고요를 되찾을 수 없었을지도 모릅니다. 그러나 저는 이 이야기를 함으로써 당신의 교육 방식과 그것들이 제게 미친 영향을 규정짓고 싶을 뿐입니다.

저는 그 후로 아주 고분고분해진 모양입니다만 그로 인해 마음의 상처를 받았습니다. 그로부터 몇 해가 지난 후에도 거인 같은 남자, 즉 아버지가 이유 없이 한밤중에 나타나서 저를 침대에서 마루로 끌어낼지 모른다는 무서운 생각에 괴로워하곤 했습니다.

3

진실 없는 삶은
있을 수 없다

세계는 넓어지는데 우리는 좁은 서류의 협곡으로 내몰린다.

확실한 것은 우리가 잠시 앉는 의자뿐이다.

모든 사람이 본래 미궁임에도 불구하고 자로 재듯이 살고 있다.

자기 힘의 한계를 벗어나려고 하면 저절로 원점으로 돌아가서 상처를 입고, 실망하고, 영원히 나약해진다.

──────

　　사람이 발전하는 결정적인 순간은 어느 시대에나 있다. 그러므로 이제까지의 온갖 것을 쓸모가 없다고 선언하는 혁명적인 정신 운동은 모두 옳다. 왜냐하면 아직 아무 일도 이루어지지 않고 있기 때문이다.

인간의 발자국으로 깊이 패어 있지 않은 계단은 그 자체로 보면 약간 살풍경하게 짜맞추어놓은 목조물에 불과하다.

게으름뱅이라는 사람도 있고, 일에 대해 공포심을 지니고 있다는 사람도 있다. 후자가 옳다고 할 수 있다.

우리는 일에 대해 공포심을 가지고 있다. 어떤 일을 시작할 때에 우리는 고향을 떠나지 않으면 안 될 사람 같은 감정을 가진다. 그곳이 유달리 사랑하고 있는 고향은 아니지만, 그래도 정이 든 안전한 장소이다.

그곳은 숱한 도시들 중의 한 도시이다. 그 과거는 현재보다 위대했다. 그러나 현재라고 해도 역시 충분히 위신이 있는 것이다.

전체는 개별적인 현상이 아니다.

카프카의 생각

속았다! 속았다! 한 번 야간 종이 잘못 울린 것을 따랐더니 결코 다시는 돌이킬 수가 없구나.

───

너는 무엇을 만들고 있는 것이냐? 나는 길을 만들려고 하고 있다. 진보가 필요하다는 말이다. 내 입장이 너무 지나치게 높은 것이다.

───

다정한 집단은 혁명이 일어날 때만 도움이 될 것이고, 모두가 함께 활동할 때는 책상 위의 희미한 불빛 아래에서 일어나는 하찮은 반역일 뿐이다.

───

정당의 이름으로 얼마나 많은 부당한 일이 자행되었습니까? 계몽의 깃발을 올리고 얼마나 많은 백치화가 항해하고 있습니까? 몰락이 비약으로 얼마나 자주 변장을 합니까?

모두가 기만이다. 즉 거짓의 최소한을 찾느냐, 그냥 그대로 있느냐, 거짓의 최대한을 찾느냐가 문제이다.

첫째의 경우에는 선의 획득을 너무나 수월하게 하려는 데에서 선을 기만하고, 악에 대해서는 너무나 불리한 투쟁 조건을 떠맡김으로써 악을 기만한다. 둘째의 경우에는 이 세속적인 세계에서조차 선을 찾으려고 힘쓰지 않음으로써 선을 기만한다. 셋째의 경우에는 될 수 있는 대로 선에서 멀어짐으로써 선을 기만하고, 악을 극한에까지 높임으로써 악이 무력화되기를 바라며 그럼으로써 악을 기만한다.

이쯤 되면 그래도 나은 편은 둘째의 경우인 것 같다. 왜냐하면 선을 기만하는 것은 어느 경우나 같지만, 둘째의 경우에는 적어도 외관상으로는 악을 기만하지 않기 때문이다.

무정부주의자들이라고 지칭하는 자들은 그들의 어떤 말도 믿지 않을 수 없을 만큼 사랑스럽고 친밀한 사람들이다. 그러나 동시에—이 같은 그들의 특성 때문에—그들이 정말로 그들의 주장과 같이 세계의 파괴자일 수 있으리라는 사실은 믿기 어렵다. 조금은 사랑스럽고 경쾌한 사람들이다.

＊

참으로 혁명적인 모든 발전의 종말에는 나폴레옹 보나파르트와 같은 인간이 나타난다.

＊

현세에서의 더럽혀진 눈으로 보면 우리의 상황은 긴 터널 속에서 열차 사고를 당한 승객의 상황과 같다.

＊

여기에서는 결정되지 않으리라.
그러나 결정하기 위한 힘은 여기에서만 시험될 수 있다.

＊

나는 그것을 살 수 있을 뿐 묘사할 수는 없다. 심리학은 천상계에 반영한 이 현세를 묘사하고 있다. 좀 더 정확히 말하자면 우리들, 이 현세에 잔뜩 빠져 있는 자가 제멋대로 생각해낸 반영의 묘사인 것이다. 왜냐하면 반영이란 전혀 없이 우리는 어디를 향하든지 현세를 보고 있는 것에 불과하기 때문이다.

시험을 두려워하는 자는 나쁜 양심을 가진 사람들이다.

아무리 철저한 논리도 살려고 몸부림치는 한 인간 앞에서는 반항하지 못한다.

심리학이란 성급함을 일컫는 것이다.

기쁨으로서의 노동을 심리학자에게는 해명하기 어렵다.

심리학은 거울에 비친 문자를 읽는 것 외에는 아무것도 아니다. 따라서 애가 쓰이고, 또 언제나 답이 맞는 결과에 대해 말하면 아주 성과가 큰 것이다. 그러나 사실 무엇 하나 성사된 것이 없다.

심리학을 공부한 뒤의 언짢은 기분. 튼튼한 다리가 있어서 심리학으로의 입문을 허락받으면 짧은 시간 안에 제멋대로의 걸음걸이를 그리게 되고, 다른 분야에서는 볼 수 없는 장거리 주행을 뒤에 할 수 있다. 그러면 눈에는 눈물이 고인다.

글로 전해지는 세계 역사라는 것은 흔히 있는 일이듯 아무런 쓸모가 없다. 그러나 사람의 예감 능력은 자주 사람을 유혹시키기는 하지만, 어쨌든 길잡이 노릇만큼은 해줄 뿐 아니라 사람을 방치하지도 않는다.

이 세상에는 판결의 가능성이 없다. 있는 것은 오직 희미한 불빛일 뿐이다.

모든 피고는 판결이 연기되도록 애쓴다.

두 번째 무죄 판결 다음에는 세 번째 체포가 뒤따르고, 세 번째 무죄 판결 다음에는 네 번째 체포가 뒤따르고, 그 같은 식으로 계속됩니다. 형식적인 무죄 판결이라는 말 자체가 그러한 의미를 내포하는 것입니다.

선고는 스스로를 설명하지 않는다.

네 주장대로 두 가지 점에서 네가 옳다는 것이 입증된다 해도 내게 아무런 도움이 되지 못해. 저 웨이터장이 너의 죄를 분명히 선고했기 때문이야. 나는 그와 오랫동안 알아왔기 때문에 사람 보는 그의 눈이 정확하다는 것을 알고 있어. 또한 내가 아는 이 가운데 가장 믿을 수 있는 인물이기도 해. 네 잘못은 이제 반박의 여지가 없어.

인간의 역사는 나그네의 두 발 사이에 있는 아주 짧은 시간이다.

멀리멀리 세계사는 전진해 간다. 네 영혼의 세계사가.

신문이나 책에는 대개 이 세상에 존재하는 온갖 것들과 사람들의 입에 쉴 새 없이 오르내리는 온갖 것들이 논평되고 있을 따름이다.

시대가 과거로 돌아가면 돌아갈수록 사건의 모든 색채는 더욱더 무시무시한 빛을 발한다.

"아아!" 하고 쥐가 말했다. "세상이 날마다 좁아지는구나. 처음만 해도 세상이 하도 넓어서 겁이 났었는데, 자꾸 달리다 보니 마침내 좌우로 멀리 벽이 보여 행복했었지. 그러나 이 긴 벽들이 어찌나 빨리 마주 달려오는지 어느새 나는 마지막 방에 와 있고, 저기 저 모퉁이에는 내가 달려 들어갈 덫이 놓여 있어."

하급 지휘관들, 겉으로는 자신들이 맡은 하찮은 임무에 비해 정신적으로는 훨씬 많은 꿈을 안고 있는 이러한 인물들에게는 별도의 특별한 배려가 필요하다.

하녀들은 열쇠 구멍으로 엿보는 습관에 젖어 있어서 자기들이 실제로 목격하는 좁은 범위의 하찮은 사실을 기준삼아 어마어마하게, 더군다나 그릇되게 전체를 추측하는 버릇을 가지고 있다.

겸허한 하인의 마음은 혼자 절망하고 있는 사람에게도 가장 강한 동포와의 관계를 부여한다. 그것도 즉각적이다.

그러나 이는 완전하고도 지속적인 하인의 마음일 경우에 한한다. 하인의 마음에 그것이 가능한 까닭은 하인의 마음이 참된 기원의 말이며, 동시에 마음속으로부터의 숭배이며, 가장 견고한 결함이기 때문이다.

동포와의 관계는 기원의 관계이며, 자신과의 관계는 노력의 관계이다. 기원하는 가운데에서 노력을 위한 힘이 추출되는 것이다.

짐승들은 강력한 발산물에 의해 떼를 지어 몰려오게 마련이다.

—※—

폭군들의 정의는 자신의 사고가 아니라 그 인품에 바탕을 둔 것이다.

—※—

사람들의 눈에 비치는 현상은 그 외관이 보여주는 실제와 그대로 부합된다고 할 수 있다.

—※—

재판소라는 곳은 당신이 찾아오면 당신을 맞이하고, 당신이 가면 그대로 놓아 보낸다.

—※—

진실 없는 삶이란 있을 수 없다. 진실이란 삶 그 자체이다.

이 어마어마한 재판 조직은 말하자면 영원히 공중에 떠 있는 것이며, 그 같은 곳에서 자기 힘으로 무엇을 바꾸어보려고 해도 발을 붙일 곳을 잃어버리고 자신이 그만 떨어지게 되는 것이지요.

청원서를 쓴다는 것은 거의 끝이 없는 작업이다. 특별히 소심한 성격이 아니더라도, 청원서를 완성한다는 것 자체가 불가능한 일이라는 생각은 누구든지 쉽게 가질 수 있다.

그것은 변호사가 청원서를 완성하지 못하는 이유에서 보이는 게으름이나 간교한 속셈 때문이 아니다. 현재 무슨 이유로 기소되었는지도 모르고 앞으로 그것이 어떻게 확대될지 전혀 감조차 잡을 수 없는 상황에서, 지금까지의 삶 전부를 아주 사소한 행동들과 사건들에 이르기까지 기억 속에 떠올려 서술하고 모든 방면에서 검토해야 하는 작업이기 때문이다.

더구나 그것은 참으로 우울한 작업이다. 그러한 일은 언젠가 은퇴하고 난 뒤에 다시 어린아이 같은 심성이 되는 노년의 정신이 몰두하기에 적절하고, 노년의 기나긴 날들을 보내는 데에 도움이 될 것이다.

카프카의 생각

우리는 이 세상을 파괴할 수 없다. 왜냐하면 우리는 이 세상을 그 어떤 독립된 것으로 건설하지 않고 다만 이 세상에 잘못 들어 왔기 때문이다. 뿐만 아니라 이 세상은 우리의 방황이며, 이 세상 은 그 자신을 파괴하기 어려운 것이다.

———

그는 다시 앞으로 걸어갔다. 그 길은 기다랗게 뻗어 있었다. 마 을의 큰길은 성이 있는 산으로 통하고 있지 않았다. 단지 성이 있 는 산에 가까이 접근하는 듯했다가도 짓궂게 다시 구부러지곤 했 다. 어쨌든 성에서 멀어지는 것은 아니면서도 그렇다고 도무지 가 까워지는 것도 아니었다.

———

자유와 속박의 뜻은 본질적으로 하나이다. 어떤 본질적인 뜻에 서일까?
노예는 자유를 잃지 않는다. 즉, 어느 면에서는 자유인보다 더 자유롭다. 그러한 따위의 뜻으로서는 아니다.

가능한 한 성 안의 사람들에게서 멀리 떨어져 마을의 노동자로 머물 때만 그는 성 안의 그 무엇에 도달할 수 있었다.

　　만일 K가 노동자가 되려고 하면 가능한 일이지만, 단지 그때는 다른 것에 대한 희망은 모두 희생시켜야 하는 그야말로 가혹한 처지에 떨어지게 되는 것이었다. K는 자기가 현실적인 강제에 위협을 받고 있는 것은 아니라는 사실을 잘 알고 있었다.

　　오히려 그는 그 속에서 공공연하게 제공되어 있는 선택의 자유를 보았다. 다시 말하면 그가 이 편지의 지령에서 무엇을 하려고 하는가, 즉 어쨌든 특별한 관련이기는 하지만 단순히 겉으로만 성과 관련을 맺고 있는 마을의 노동자가 되려고 하는가, 그렇지 않으면 사실 어떤 일이든지 바르나바스가 가져다주는 통지가 결정짓는 그러한 외양만의 노동자가 되려고 하는가, 이 선택이 K에게 맡겨져 있었다.

카프카의 생각

그가 나를 불렀다. 그러나 뒤돌아보면 잘 알아들었을 뿐만 아니라 불린 사람은 정말로 자기 자신이며, 그의 말에 복종하겠다는 고백이 되기 때문에 꼭 붙잡히게 된다. 신부가 다시 한 번 불렀더라면 K는 그대로 나가버렸을 텐데, K가 기다리는데도 아무 소리도 없었기 때문에 신부가 무엇을 하고 있는지 보려고 K는 고개를 약간 돌렸다.

용기를 잃게 되는 환경이라든지 실망이나 낙담에 젖어버리는 것, 순간순간 눈에 띄지 않는 영향력, 이러한 것들이 가지고 있는 폭력적인 힘이야말로 K가 정말로 두려워하는 것들이었다.

인간들의 세상에서는 자유라는 말로 스스로를 기만하는 짓을 너무 자주 하고 있더군요. 그리고 자유가 가장 숭고한 감정의 하나로 헤아려지는 것과 같이, 그에 상응하는 착각 역시 가장 숭고한 감정의 하나입니다.

제가 출구라는 말을 무슨 뜻으로 쓰는지 똑바로 이해받지 못할까 걱정스럽습니다. 저는 이 말을 가장 일상적이고 가장 빈틈없는 의미로 쓰고 있습니다.

저는 일부러 '자유'라고 말하지 않았습니다. 사방을 향해 열려 있는 자유라는 저 위대한 감정을 뜻하는 게 아니거든요.

⁂

어수선하다고 함은 누가 그것을 명령하는지, 그 명령하는 자가 무엇을 지향하고 있는지 나는 알 수 없기 때문이다.

⁂

구속을 받으면서 음악을 듣는다는 것은 자유롭다는 것과는 전혀 다르다.

⁂

앞으로 우리는 정원에서 밖으로 나가기 위해 특수한 통행증을 소지하지 않으면 안 될 것이다. 세계는 게토로 변했다.

카프카의 생각

살고자 한다면 출구를 찾아야 한다. 그러나 출구는 도망쳐서는 얻을 수 없다.

무슨 짓을 해도 내가 느끼는 것은 한 가지뿐이었다. 출구가 없다는 것이었다.

민족의 오래된 역사에는 무서운 형벌이 존재했음이 전해지고 있다. 그렇다고 해도 그것이 오늘의 형벌을 변호하기 위한 말은 아니다.

역사 속에 남겨진 과거의 황제들은 우리 백성들 속에 살아 있다. 하지만 그 반면에 현재의 살아 있는 황제들은 죽은 자로 혼동되기도 한다.

나는 자유를 원했던 것이 아니다. 다만 하나의 출구를 원했다. 오른쪽, 왼쪽, 그 어디로든 나는 다른 요구는 하지 않았다. 출구 또한 비록 하나의 착각일 뿐이라고 하더라도 요구는 작았다. 착각이 더 크지는 않을 테니까.

계속 나아가자! 계속 나아가자! 계속 나아가자! 상자 벽에 몸을 붙인 채 팔을 쳐들고 가만히 서 있지만은 말아야지.

인간이 지니고 있는 여러 가지 힘은 오케스트라처럼 꾸며진 것이 아니다. 오히려 모든 악기가 쉴 새 없이 전력을 다해 울어대지 않으면 안 된다. 사람의 귀를 위해 만들어진 것도 아니다. 연주회 동안에는 어느 악기라도 자기를 주장할 수 있지만, 그 연주회 기간 자체가 또한 우리의 마음대로는 되지 않는다.

사람의 본성은 그 본바탕이 원래 경박한 것이고, 떠도는 티끌 같은 성질로 되어 있어서 속박을 참지 못한다. 속박을 받으면 곧 미친 듯이 그 족쇄를 흔들어대면서 감옥의 벽을, 쇠고리를, 자기 자신까지도 제멋대로 찢어버린다.

포로는 모름지기 성공할 수 있을 만한 도주 방법을 머릿속에 그려볼 뿐만 아니라, 나아가 같은 시간에 감금되어 있는 자신의 감방을 환희의 성으로 개조해보려는 의사도 가지게 되는 것이다.

가장 극악한 위기. 그것은 누군가의 추적을 당하는 것이 아니라 포위를 당하는 것이다.

틀림없이 이 법정에서 볼 수 있는 모든 언행, 저의 경우에서 말하자면 체포와 오늘 이 자리에서 받을 심문의 배후에는 커다란 조직체가 하나 있습니다.

여러분, 이 커다란 조직체는 무엇을 말하는 것일까요? 무고한 사람들을 체포하고, 그들에 대해 무의미하면서 저의 경우와 마찬가지로 아무 소용도 없는 재판 수속을 하고 있습니다. 모든 일이 이처럼 아무 의미도 없으니 관리들이 극도로 부패하는 것을 어떻게 막을 수 있겠습니까?

어느 누구를 감시할 때나 또는 감시할 수 있을 때에 남을 믿기란 비교적 쉬운 일일 것이다.

사람은 외부에서 여러 가지 이론을 이 세계로 처박아 넣어 언제나 승리를 거둘 것인가? 그러나 처박아 넣는 것과 동시에 자신도 함께 구멍에 빠지고 말 것이다. 사람은 오직 내부에서만 자신과 세계화를 조용히, 그리고 진실하게 유지해나갈 수 있을 것이다.

인간의 행동에 대해 인간이 내리는 판결은 올바르기도 하고 무효이기도 하다. 즉, 처음에는 올바르고 다음에는 무효인 것이다.

폭력적인 불법을 행하게 되면 결국에는 악에 의한 노예화밖에는 나타나지 않는다.

카프카의 생각

유대인은 오늘날 시간에 있어서의 이러한 영웅적인 고향인 역사만으로는 만족하지 않는다. 그들은 공간에 있어서의 극히 작고 평범한 고향을 동경하고 있다. 점차로 더 많은 유대인 청년들이 팔레스티나로 돌아가고 있다. 이것은 자기 자신에게로, 자신의 근본적 성장으로 복귀하는 것이다.

고향 팔레스티나는 유대인들에게는 불가침의 목표이다. 반면에 체코인에게 체코슬로바키아는 하나의 출발점인 것이다.

인간은 잃어버린 고향을 찾기 위해서는 타향으로 가야만 한다.

우리는 고향으로 돌아가는 것이다. 근원으로.

군복은 고향을 뜻하지요. 우리는 고향을 잃고 싶지 않아요.

현대의 국가주의는 문명의 난폭한 습격에 대한 방위 운동이다. 이 사실은 유대인에게서 가장 뚜렷이 나타난다. 만일 그들이 주위의 세계를 흐뭇하게 느끼고, 그 안에서 자기들 마음대로 살 수 있다면 시온주의는 일어나지 않았을 것이다.

유대인 기질은 신앙의 문제가 아니라, 무엇보다도 신앙에 의해 규정된 공동사회에 있어서 생활 실천의 문제이기도 하다.

유대 민족은 씨를 뿌려놓은 것같이 어지럽다. 곡식의 씨가 주위의 물질을 끌어당기고 저장하여 성장에 이용하듯이, 인류의 힘을 자신 속에 받아들이고 순화시켜 보다 높은 곳으로 끌어올리는 것이 유대인의 운명적 과제이다.

물질은 정신에 의해 손질되어야 한다.

카프카의 생각

익명이란 무명과 마찬가지의 의미이다. 그러나 유대 민족은 이름이 결코 없었던 것은 아니다. 유대 민족은 한 인격신에게서 선택된 민족으로 율법을 준수하다면 결코 익명의, 무명의 존재가 될 수 없다.

성서의 군중은 율법을 통해 묶인 개인들의 집합이다.

지금의 군중에게는 성서와 공통되는 점이 전혀 없다.

유대 민족이 익명의, 따라서 무명의 군중이 된 것은 형태를 주는 율법으로부터 떨어져 나갔기 때문이다. 그렇게 되면 벌써 위도 아래도 없게 된다. 생활은 천박하게 되어 다만 존재할 뿐이다. 극도 없고 투쟁도 없이 있다면 오로지 물질의 소모, 즉 멸망뿐이다. 그것은 성서나 유대교의 세계가 아니다.

우리는 지금 새로이 건설된 시가지를 거닐고 있습니다. 우리의 걸음과 우리의 시선은 불안정합니다. 우리는 우리의 내면에서 옛날의 비참한 골목길을 걷고 있는 것 같습니다. 우리의 마음은 위생 시설의 보급에 관해서는 아는 바 없습니다. 우리의 내면에 자리를 잡은 불건강한 유대인 거주 지역은 우리 주위의 위생적인 신시가지에 비해 훨씬 현실적입니다.

인간은 냉혹하고 용서 없는 재판에 의해서만 인간을 지도할 수 있을 뿐이다.

처참한 상태에서 벗어나는 것은 의지적인 에너지를 가지면 쉬운 일이다.

그는 동료를 통해 고착화에 저항한다.

성서를 슈리프트라고 일컫는 것은 우연한 일이 아니다. 그것은 유대 민족의 소리로서 역사적인 과거사가 아니라 철두철미하게 현재적인 것이다.

＊

노동자들이 거리를 지배하고 있다. 그리고 자기들이 세계를 지배하고 있는 줄 안다. 그러나 틀린 생각이다. 그들의 배후에는 비서관, 직업 정치가, 근대적인 '술탄'이 있는데, 이 사람들을 위해 권력으로 향한 길을 만들어주고 있다.

＊

전쟁과 러시아혁명과 전 세계의 비극은 내가 보기에는 악의 범람이다. 그것은 하나의 홍수이다. 전쟁은 혼돈의 갑문을 열어놓았다. 인간적 실존을 외면적인 보조 기구가 무너뜨리고 있다.

역사적 사건은 이제는 개인이 짊어지는 것이 아니라 대중이 겨우 짊어지게 되어 있다. 우리는 추방되고 압박받고 소탕된다. 우리는 역사를 감수하고 있는 것이다.

죄라는 것은…… 우리는 그 단어와 그 사용법을 알고 있다. 그러나 우리는 그에 대한 감각과 인식을 잃어버렸다. 아마 그것은 저주일 것이며, 신으로부터 버림을 받은 것일 것이며, 무의미일 것이다.

그의 시선은 채석장에서 가까운 집의 맨 위층으로 쏠렸다.

불이 켜지자 창문 하나가 열리고, 아주 멀고 높아서 희미하기는 해도 마르고 약해 보이는 어떤 사람이 허리를 굽히고는 마음껏 팔을 벌렸다.

저것이 누구냐? 친구냐? 착한 사람이냐? 호의를 가진 사람이냐? 구원을 베풀 사람이냐? 개인의 자격이냐? 대표자의 자격이냐?

아직 구할 길이 있더냐? 잊어버렸던 구실이 아직도 있더냐?

그렇다. 아직도 구실은 있다. 아무리 철저한 논리가 있다고 해도 살려고 하는 사람 앞에서는 논리는 필요가 없다.

한 번도 얼굴을 보이지 않은 재판관은 어디에 있느냐? 결국 내가 가보지 못한 상급 재판소는 어디에 있느냐?

요제프 K는 양팔을 높이 들고 손가락을 쫙 폈다.

형식이라는 반들반들한 가죽 장갑 밑에는 굳세고 대담한 의지가
내용으로 감추어져 있다.

——❦——

한 남자가 프록코트를 열더니 조끼에 꼭 끼게 맨 혁대에 달린 칼
집에서 양쪽으로 날이 선 길고 얄팍한 푸줏간 칼을 꺼내어 높이
쳐들고 날을 달빛에 비춰보았다. 또다시 불쾌한 인사치레 말이 시
작되었다. 한 사람이 K 너머로 다른 사람에게 칼을 넘겨주더니,
그 다른 사람은 다시 K 너머로 그 칼을 되돌려주었다.

K는 자기 위로 손에서 손으로 오가는 칼을 잡아 스스로 자신을
찌르는 것이 자기의 의무일 것이라는 사실을 잘 알고 있었다. 그
러나 그는 그렇게 하지 않고 아직은 자유롭게 움직일 수 있는 목
을 돌려 주위를 살펴보았다. 그는 스스로를 완전히 입증해 보일
수도 없었고, 당국으로부터 모든 일을 제거할 수도 없었다.

——❦——

인간은 권세를 가지고 있으면서도 그러한 권세를 누리고 있다는
사실을 망각하는 경우가 자주 있다.

그러자 한 남자의 손이 K의 목을 누르고 다른 남자는 칼로 K의 심장을 찌르더니 그것을 두 번이나 눌렀다. 눈이 흐려졌으나 K는 두 남자가 마주보고 바로 자기 눈앞에서 최후의 결말을 노리는 것을 알았다.

"개 같은 자식!" 하고 K는 말했다.

그가 죽은 후에는 모욕만이 남은 것 같았다.

─────

전쟁이 올바르게 묘사된 일은 아직까지는 정말 없다. 일반적으로—이 해골바가지의 피라미드처럼—부분적인 현상이나 결과를 나타내는 것이 고작이다.

그런데 전쟁의 공포는 모든 현존하는 보증과 협약의 해소이다. 동물적인 형이하학의 것이 날뛰어 정신적인 모든 것을 질식시킨다. 그것은 밤과 같은 것이다.

인간은 이제 여러 해나 여러 달이나 여러 시간을 살아가는 것이 아니라 겨우 순간순간을 살아나갈 뿐이다. 그 다음에는 순간조차 살 수 없게 된다. 겨우 그 순간들을 의식할 따름이며, 단지 존재할 뿐이다.

농부들은 그들의 심한 노동을 현명하고 겸허하게 조정함으로써 모든 동요와 멀미를 조정하여 행복한 죽음을 맞는 귀족들이다. 이 것이 농부들에 대한 일반적인 인상이다. 그들은 진정한 대지의 시 민들이다.

자기가 자신을 지켜야 한다. '예'와 '아니오'를 분명히 말할 줄 모르면 남들은 진정한 사실을 꿈에도 알아주지 않는다.

인간이 의미에 도달하게 되는 것은 자신의 감각을 통해서만 가 능하다. 물론 이 방법도 위험과 연결되어 있기는 하다.

용의자는 가만히 있는 것보다 움직이는 것이 낫다. 가만히 있으 면 자기도 모르는 사이에 저울 위에 올려져 죄를 저울질당하기 때 문이다.

과오에 대한 책임은 그 행동에 필요한 힘의 여분을 포기한 자가
져야 한다.

비서들의 방문은 언제나 개방되어 있어야 한다.

비서들이란 대개 신경과민의 사람이다.

과오가 있을지도 모른다는 가능성은 전혀 계산에 넣지 않는 것
이 관청 사무의 원칙이다.

용서를 받기 위해서는 먼저 죄를 확정지어야 한다.

법 앞에 문지기가 하나 서 있다. 시골에서 한 남자가 찾아와서 문지기에게 법 안으로 들여보내줄 것을 부탁한다. 그러나 문지기는 지금은 그에게 입장을 허락할 수 없다고 말한다. 남자가 한참을 생각하더니 나중에는 들어갈 수 있느냐고 묻는다.

"그럴 수 있겠지요."

문지기가 말한다.

"그러나 지금은 안 돼요."

법에 이르는 문이 여느 때처럼 열려 있는 데다 문지기가 옆으로 비켜섰기 때문에 그 남자는 그 틈에 문 안을 들여다보려고 허리를 굽힌다.

문지기가 그것을 보더니 웃으면서 말한다.

"그렇게 마음이 끌리면 나를 제치고 들어가보세요. 하지만 내가 힘이 세다는 걸 명심해요. 나는 가장 말단 문지기에 불과하지만, 방에서 방으로 갈수록 힘이 센 문지기들이 서 있어요. 세 번째 문지기의 얼굴을 나는 쳐다보지도 못했어요."

시골에서 온 그 남자는 그러한 어려움을 전혀 예상하지 못했다. 하지만 법은 누구에게나 그리고 언제나 개방되어 있어야 한다고 그는 생각한다.

그러나 그는 이제 어둠 속에서 법의 문으로부터 뻗쳐 나오는 뚜렷한 빛을 알아본다.

이제 그는 앞으로 얼마 더 살지 못한다. 죽음을 앞두고 그 남자의 머릿속에서는 지난 모든 경험이 그가 지금까지 그 문지기에게 아직 던지지 않은 한 가지 질문으로 모아진다.

그는 굳어가고 있는 자기 몸뚱어리를 더 이상 일으켜 세울 수 없기 때문에 문지기에게 눈짓을 한다. 문지기는 그를 향해 깊이 허리를 굽혀야 한다. 왜냐하면 키의 차이가 그 남자한테 아주 불리한 쪽으로 변했기 때문이다.

"아직도 뭘 더 알고 싶어요?" 문지기가 묻는다. "당신은 정말 지칠 줄 모르는군요."

"모두들 법 안으로 들어가고 싶어하는 걸로 알고 있어요." 그 남자가 말한다. "어떻게 해서 그 오랜 세월 동안 나 외에 아무도 입장을 요구하지 않은 거지요?"

문지기는 그 남자의 종말이 다가왔음을 안다. 그리하여 문지기는 그 남자의 꺼져가는 청력에 닿을 수 있도록 큰 소리로 이렇게 말한다.

"여기서는 어느 누구도 입장을 허가받지 못했지요. 왜냐하면 이 문은 오로지 당신만을 위해서 만들어졌으니까요. 나는 이제 문을 닫아야겠군요."

카프카의 생각

사람들이 적어도 확신을 가지고 말할 수 있다면 좋겠습니다만, 확신은 조금도 없습니다. 그러니까 사람들은 아무 말도 할 수 없는 것이지요. 그저 소리나 지르고, 더듬거리고, 헐떡거릴 수 있을 뿐입니다.

홍수가 넓게 퍼지면 퍼질수록 강물은 더 얕아지고 더욱 흐려진다. 혁명이 증발하면 나중에 남는 것은 새로운 관료 정치의 진흙뿐이다. 괴로운 인류의 쇠사슬은 관청의 용지에서 생겨난다.

관청들의 결정은 새색시처럼 수줍어하고 부끄러워한다.

관리들은 자기의 전문 분야라야 한마디만 들어도 전체를 조직적으로 통찰할 수 있다. 다른 쪽의 소관 사항이면 몇 시간을 두고 설명해주어도 한마디도 알아듣지 못한다.

관청에서 일하는 사람들은 높고 훌륭한 사람처럼 보여도 실은 하나의 껍데기에 지나지 않는다. 실제로는 더욱 외롭고 따라서 더욱 불행한 사람들이다.

항상 복수를 하려고 노리고 있는 관리들의 눈에 띄게 되면 한없이 손해를 당하게 된다. 그저 눈에 띄지 않는 것이 제일이다. 아무리 기분이 상해도 꾹 참아야 한다.

어두운 관료의 소굴 속에서 나는 유일한 유대인으로 구경거리 노릇을 하고 있다.

외판원이라는 직업은 뒷소문이라든지 뜻밖의 일이라든지 터무니없는 비난의 희생물이 되기 쉽다.

카프카의 생각

순수하고 명료한, 일반적으로 유익한 수공업보다 더 아름다운 것은 없습니다. 가구를 만드는 일 이외에도 이미 농업과 원예 분야에서 일을 해보았습니다. 이러한 일들은 모두 관청에서의 강제노동보다는 훨씬 아름답고 유익한 것이었습니다.

관청은 행정을 간소화하기 위해 뇌물을 받는 습성이 있다.

잡다한 소리의 휴식은 확실히 다른 어떤 기류가 몰려드는 데에 원인이 있다.

우리 장사꾼들은―유감스럽게 생각하든 다행으로 여기든― 약간 몸이 불편한 것쯤은 장사를 생각해서 자주 그냥 참고 넘어가야 하지요.

인간이 겉으로 보기에 도달하기 어려운 듯한 도덕적 가치 대신 유혹적으로 접근해 있는 무가치를 택하는 것은 확실히 인간의 온갖 과실의 근원이다.

모든 창조물의 가장 숭고하고, 가장 범해서는 안 되는 부분인 시간이 불순한 기업적 이해의 그물 속에 빠지게 됩니다. 그리하여 창조물뿐만 아니라 무엇보다도 창조물의 구성 요소가 되는 인간이 멸시와 욕을 보게 됩니다. 이같이 능률화된 생활이란 소름이 끼치는 저주로서, 여기서는 갈망했던 부와 이득 대신 기아와 비참만이 생겨날 수 있을 뿐입니다. 이것이 세계의 멸망으로 가는 진전인 것입니다.

아! 비참한 인생!
지금은 그저 말에 채찍질이나 단단히 할 뿐이다. 서서히 말의 배가 뚫어지도록 전력을 다해 박차를 가할 뿐이다.
이 무슨 곤혹인가!

실크 모자를 쓴 뚱뚱한 사나이가 가난한 사람들의 목덜미에 앉아 있습니다. 그것은 사실입니다. 그러나 이 뚱뚱한 사나이를 자본주의라고 한다면 아주 옳다고는 할 수 없습니다. 뚱뚱한 사나이는 일정한 조직의 틀 속에서 가난한 사람들을 지배합니다. 그러나 그는 조직 자체는 아니지요. 조직의 지배자는 더욱더 아닙니다.

반대로 뚱뚱한 사나이는 그림 속에서는 묘사되어 있지 않은 멍에를 메고 있습니다. 이 그림은 완전하다고 볼 수 없습니다. 따라서 잘된 그림이 아니지요. 자본주의는 안에서 밖으로, 밖에서 안으로, 위에서 밑으로, 밑에서 위로 올라가는 예속 조직입니다. 모든 것이 멍에를 메고 있습니다. 자본주의는 세계와 영혼의 한 상태입니다.

공적인 책임을 잊지 않기 위해서는 호의라는 것도 정도가 지나치지 않도록 적당히 해두는 것이 좋다.

이방인에게는 모든 것이 특이하게 여겨진다.

일이란 일단 착수만 하면 모든 의구심은 깨끗이 사라져버린다.

지위는 결코 확고부동한 것이 아니다.

기업주라는 독특한 직무상의 지위 때문에 자칫하면 자기의 고용인에 대해 불리한 판단을 내리기 쉽다.

아무리 오류가 없는 사람일지라도 자신의 판단력과 판단 방법이 미치는 한도 내에서 타인을 판단한다.

처음으로 지시가 내려지고 일이 적절하게 처리되었을 때, 믿음직하고 확고한 태도에 대해 우리는 기분이 좋아진다.

카프카의 생각

판단하는 사상은 괴로움을 높이면서 아무것에도 도움의 손길을 뻗치지 않고, 다만 고통을 통해 괴로워하면서 올라가버렸다. 마치 이제나저제나 무너지게 될 집 속에서 건축학상의 근본 문제가 처음으로 제시되는 것과 같다.

성공은 '원하는' 것이 아니라 '생겨나는' 것이다.

아무것도 하지 않으면 아무것도 나아지지 않는다. 새로운 것은 오늘은 아름답지만 내일은 어떨지 알 수 없다.

지적 노동은 인간을 인간의 공동사회로부터 떼어내는 것입니다. 반면에 수공업은 인간을 인간들에게로 끌어갑니다. 내가 일터나 정원에서 일할 수 없게 된 것은 섭섭한 일입니다.

로빈슨이 반항으로 또는 기가 죽어서, 아니면 두렵거나 무지에서 또는 열망으로 그 섬의 최고봉, 좀 더 정확히 말해 가장 잘 보이는 지점을 결코 떠나지 않았다면 그는 곧바로 파멸했을 것이다. 하지만 그는 다른 선박들이나 그들이 가진 허술한 망원경을 염두에 두지 않은 채 섬을 샅샅이 뒤지면서 연구하고 즐거워했기 때문에 삶을 유지했고 결국 발견되었다.

사람은 사실적인 면과 지속성을 가진 일에 집착한다.

나는 지금 일반 보험회사에 있다. 근무시간은 분해되지 않아서, 마지막 30분에도 첫 30분과 마찬가지로 여덟 시간의 압박이 느껴진다.

나는 매일 아무 이야기도 듣지 않고, 아무도 보지 않은 채 급하게 골목 네 개를 지나고 광장 하나를 건너다닌다. 계획을 짜기에는 너무 피곤하다.

나는 세상을 기만하였다는 생각을 자주 한다.

　사람들이 말하는 소리를 들으니 그의 사무실은 다음과 같다고 해요.

　큰 서류 묶음이 몇 층으로 쌓여서 기둥처럼 되어 있고, 사방의 벽은 서류들의 기둥으로 덮여 있다고. 소르디니가 일할 때에 필요한 것은 단지 서류뿐이라니까요. 그리고 그 산더미처럼 쌓인 무더기 속에서 서류를 빼내기도 하고 또 집어넣기도 하는데, 그 같은 동작이 아주 빠른 속도로 이루어지기 때문에 기둥처럼 높이 쌓인 서류 더미가 늘 무너지게 마련이죠. 그러면 쿵 하고 무너지는 소리가 꼬리에 꼬리를 물고 끊임없이 들려오는데, 그 소리가 소르디니 사무실의 특색이라고 해요.

　세계는 넓어지는데 우리는 좁은 서류의 협곡으로 내몰린다. 확실한 것은 우리가 잠시 앉는 의자뿐이다. 모든 사람이 본래 미궁임에도 불구하고 자로 재듯이 살고 있다.

사무실에서 해방되지 않는 한 내가 그냥 실패한다는 사실, 그것
은 무엇보다 명백하다. 익사하지 않도록 가능한 한 머리를 높이
쳐들고 있는 것, 단지 그것이 문제다.

다음 직장이 아마 형편없는 싸구려 술집이 될지도 모르지만, 너
는 다음 일자리에서는 수위에게 인사하는 법을 알게 될 거야.

모든 일을 전부 잡쳐버린다는 것은 가장 있을 것 같지 않은 일
중에서도 더욱 있을 수 없는 일이다.

어디까지나 평정심을 잃지 말아야지, 정열이 탐하는 것에서는
멀리 떨어져 있을 일이다. 물의 흐름을 알고 있는 까닭으로 물줄
기를 거슬러 헤엄치며, 물에 씻겨 내려가는 즐거움으로 물줄기를
거슬러 헤엄칠 일이다.

일반적으로 상대방이 협상을 시작하려고 드는 경우에는 지극히 구체적이고 사무적인 타협을 하게 된다.

어느 일이 커지면 커질수록 그만큼 외부에 대해 자기 자신을 지키는 힘은 줄어든다. 그 결과로 아주 하찮은 일의 대수롭지 않은 변화 하나하나가 은근히 사람의 마음을 어지럽히는 수도 있다.

사람은 때때로 책상 위의 지극히 작은 변화나 거기에 훨씬 전부터 얼룩이 져 있던 오점이 없어지는 일 따위에도 마음이 뒤숭숭해지는 경우가 있다.

너는 도대체 기만 외에 그 무엇을 할 수 있겠느냐?
그 기만이 없어지는 날, 너는 쳐다보는 것조차 허용되지 않거나 또는 소금 기둥이 되거나 할 것 아니냐?

시련에 견디어나갈 수 있는 정열만이 힘과 깊이를 가지고 있다.

그러나 이윽고 그는 자기 일로 되돌아간다. 아무 일도 없었던 듯이. 이는 앞일을 예견할 수 없는 숱한 이야기에서 자주 들리던 말이다. 틀림없이 어느 이야기에서도 실제로 그렇게 되지는 않았을 테지만.

손이 돌을 단단히 움켜쥐고 있다. 그러나 단단히 쥐고 있는 까닭은 다만 그 돌을 그만큼 멀리 팽개치기 위한 것일 뿐 그 밖에 다른 이유는 없다. 그런데 그 먼 저편에도 길은 통해 있다.

가끔 조직적인 탐색을 오랫동안 하더라도 실패하는 반면, 우연히 저지른 일이 장애의 실마리를 쉽게 풀어주는 예도 있다.

아주 난처한 때는 현실을 보는 눈이 없다가도 위기에 빠진 순간에야 비로소 현실을 보는 눈을 가지게 마련이다.

우리는 무슨 일에 대해서도 사소한 수단과 방법에 희망을 걸고 있는지도 모른다.

침착하게 견디고 경솔하게 굴지 않고 살아가는 것, 그것만이 비굴하게 후회하지 않는 길이다.

손에 쥐고 있는 것은 아무것도 없다. 있는 것은 지붕 위에 있는 것뿐이지만, 그래도 우리는 —비록 그 쟁취의 상황과 생활의 곤란이 제아무리 단호한 것이라도— 무를 선택해야 한다.

말할 나위도 없이 직업을 선택하는 데에 있어서도 역시 그와 비슷한 방식으로 선택을 하지 않을 수 없다.

— ✦ —

허영심은 사람을 추하게 만든다. 그런즉 본래부터 추방되어야 했던 것이다. 그러나 허영심은 다시 인간을 기만하여 이번에는 '다친 허영심'이 된다.

— ✦ —

허영심을 그리 손상시키지 않으면서도 무관심을 가장 일찍 체험할 수 있는 직업을 찾아내는 것이 중요하다.

— ✦ —

생활을 극복하기 위해서는 생활을 버리지 않으면 안 된다.

— ✦ —

타인의 문제에 크게 간섭한다는 것은 언제나 위험한 짓이다.

— ✦ —

질투가 헛된 짓이라는 것을 깨닫고 있는 사람은 극히 드물다.

카프카의 생각

나는 집으로 가지 못한다. 나의 번창하던 일자리가 상실되고 있다. 어느 후임자가 나의 일자리를 빼앗고 있다. 그러나 그것은 아무 쓸데없는 일이다. 왜냐하면 그가 나를 대신할 수는 없기 때문이다.

4

낙원은 아직
파괴되지 않았다

우리는 낙원에서 추방되었다.

하지만 낙원은 파괴되지 않았다.

낙원에서의 추방은 어떤 면에서는 행운이었다.

만일 우리가 추방되지 않았다면 낙원은 파괴될 수밖에 없었을 것이다.

태어나기 전의 망설임. 영혼의 다시 태어남이라는 것이 있다면 나는 아직도 가장 밑바닥의 층계에도 있지 못하리라. 나의 생애는 태어나기 전의 망설임이다.

생활의 무한궤도가 인간을 어딘가로 이끌어가고 있다. 어디로 가는지는 아무도 모른다. 인간은 생물이라기보다는 차라리 사물 이고 물건인 것이다.

당신 또한 그 어느 곳엔가 내던져진 존재에 불과하지요. 제 발로 온 게 아니고요.

존재한다는 것은 다만 '거기에 있다'는 것뿐만 아니라 '거기에 속한다'는 것을 의미한다.

과거의 일은 언짢기는 해도 유익한 경험이 될 수 있다.

내가 보기에 조언이란 결국 모두 배신에 불과하다.

아무도 이 세상에서는 자신의 정신적인 생존 가능성 이상의 것을 만들지 않는다.

카프카의 생각

삶의 가능성은 아주 많다. 그리고 모든 가능성에 반영되는 것은 자신의 존재의 피할 수 없는 불가능성일 따름이다.

존재하는 것은 정신적인 세계뿐이다.

우리가 감각적인 세계라고 부르는 것은 세계에서의 악이며, 우리가 악이라고 부르는 것은 우리의 영원한 발전도상에 있어서의 필연적인 순간에 지나지 않는다.

강력한 빛으로라면 세계를 용해해버릴 수 있다. 약한 눈앞에서의 세계는 굳어지고, 보다 약한 눈앞에서의 세계는 주먹을 쥐고, 그보다 더 약한 눈앞에서의 세계는 부끄러워하면서 자신을 용서하려는 자를 때려 부수고 만다.

있는 것은 진리와 허위 둘뿐이다.

진리는 불가분이다. 따라서 스스로를 인식할 수 없다. 진리를 인식하려는 것은 허위가 아닐 수 없다.

— ❧ —

허위가 세계의 질서가 되었다.

— ❧ —

발전을 믿는다는 것은 그 무언가가 이미 발전하는 것을 믿는 것이 아니다. 그렇게 되면 이미 신뢰할 수 없게 된다.

— ❧ —

원숭이다운 것과 지금의 저 사이에는 5년 가까운 세월이 가로놓여 있습니다. 달력으로 재면 짧을지도 모르겠습니다만, 제가 해왔듯이 박차를 가해 달음질치기에는 너무나 긴 시간이었지요.

구간에 따라서는 탁월한 인간, 충고, 갈채, 그리고 오케스트라 음악이 동반되기도 했으나 근본에서는 혼자였어요. 만일 제가 고집스럽게도 저의 근본, 젊은 시절의 기억에 매달리려고 했더라면 이러한 성과는 불가능했을 겁니다.

고집을 모두 포기해버리는 것이야말로 제가 제 자신에게 부과한 가장 높은 계명이었지요. 저 자유로운 원숭이가 이 계명의 멍에에다 자신을 맞추었던 겁니다. 그럼으로써 제 기억은 기억 편에서 점차 스스로를 폐쇄했습니다.

사회적인 사고와 종교적인 사고가 혼합되지 않을 때는 거의 갈등이 될 수 없다.

———

누구나 모두 진리를 눈으로 볼 수는 없다. 그러나 진리일 수는 있다.

———

인간은 여러 가지 형태의 길을 겸허하게 받아들여야 한다. 그렇게 해야만 목표로 가까이 갈 수 있다.

———

나는 조언을 구했다. 나는 고집이 세지 않았다. 아무것도 모른 채 내게 무언가를 조언해주는 누군가에게 경련으로 경직된 얼굴과 열에 들뜬 뺨을 하고서 조용히 웃어 보인 것은 고집 때문이 아니었다. 긴장했고, 받아들일 자세가 되어 있었으며, 지나치게 고집이 없었기 때문이었다.

길이 옳은지 옳지 않은지는 목표에 다다랐을 때에야 비로소 알게 된다.

—◦◦◦—

표범들이 신전에 침입하여 제물 항아리를 말려놓는다. 그것이 자주 되풀이된다. 나중에는 그렇게 될 것을 예상할 수 있게끔 된다. 그 다음부터는 그것이 의식의 일부가 되어버리는 것이다.

—◦◦◦—

어떤 건물도 이 신전만큼 수월하게 낙성된 적이 없다. 아니, 차라리 이 신전은 참으로 신전답게 준공되었다고 할 수 있을 것이다. 그러나 그 돌! 그 돌들이 어느 채석장에서 깎아낸 돌인지가 의문이다.

그 돌들 위에는 어린아이의 치졸한 글씨로 차라리 야만스러운 산악 주민이 기입한 문자가 부아를 터뜨리기 위해서인지, 창피를 주기 위해서인지, 또는 파괴하기 위해서인지, 기가 막히게 날카로웠을 것이 틀림없는 연장으로 신전보다 더 오랜 영원을 위해 새겨넣어져 있는 것이다.

카프카의 생각

강건한 인간은 실제로 감정이 예민한 인간보다 많은 것을 얻지 못한다.

우리가 감정이라고 부르는 것은 단지 가상일 뿐, 옛이야기의 경험과 기억과 형상에 지나지 않는다.

조언을 구하는 것은 시금석인 현재의 장래를 피하여 비겁하게 퇴각하는 짓이다.

신앙을 가지고 있는 사람은 신앙을 정의할 수 없다. 그리고 신앙이 없는 사람의 정의에는 무자비의 그림자가 무겁게 드리워져 있다. 그러므로 신앙이 있는 사람은 말할 수 없고, 신앙이 없는 사람은 말해서는 안 된다.

단두대의 칼날 같은 신앙, 무겁기도 하고 가볍기도 하다.

해묵은 고해소에서 그가 어떻게 위안을 받는지 나는 알고 있다. 그가 무엇을 고백할 것인지 나는 알고 있다. 사소한 일이다. 한 모퉁이의 암거래이다. 아침부터 밤까지 이어지는 매일의 소음이다.

영혼 속에 깊숙이 칼날이 들어오면 조용히 지켜볼 일이다. 피를 흘리지 말아야 할 일이다. 칼날의 차가움을 돌의 차가움으로 받아들일 일이다. 칼날에 찔린 것으로 찔린 뒤에 불사신이 될 일이다.

말과 확신의 일치는 아직 결정적인 것이 아니며 신앙 역시 같다. 어떤 말은 어떤 확신을, 또한 여전히 상황 여하에 따라 땅속에 처박거나 파내거나 할 수 있는 것이다.

영혼의 관찰자가 영혼 안에 들어갈 수는 없다. 그러나 영혼의 언저리를 걸어 영혼과 접촉할 수는 있다. 이 접촉에서 일어나는 인식은 영혼도 역시 자신의 일을 모른다는 것이다. 그러므로 영혼은 영원히 미지일 수밖에 없다.

영혼 외에도 따로 그 무엇이든지 존재하는 것이 있다면 그것은 틀림없이 슬픈 일일 것이다. 그러나 아무것도 따로 존재하고 있지 않다.

우리의 신앙이 모자란다고는 말할 수 없다. 우리가 살고 있다는 단순한 사실만으로도 그 신앙의 가치는 충분히 있다. (그따위 것에 신앙의 가치가 있다고? 그렇지만 살지 않을 수 없지 않소?)

다름 아닌 그 '않을 수 없다'는 데에 광적인 신앙의 힘이 숨어 있다. 그 부정형 가운데에서 신앙의 힘이 형태를 갖추게 되는 것이다.

악은 신을 알고 있지만, 신은 악을 모른다.

여러 가지 종교가 이 세상에 있다는 사실은 개인이 영속적으로 선량할 수 없다는 증거일는지?

창시자는 선으로부터 몸을 뿌리치고 화신이 된다. 그가 그렇게 함은 다른 사람들을 위한 것일까? 아니면 다른 사람들과 함께 있지 않으면 옛날 그대로 있을 수 없기 때문일까? '현세'를 사랑하지 않고 있을 수 있도록 하기 위해서는 그것을 파괴하지 않을 수 없기 때문일까?

———

원죄를 일으키는 자와 원죄를 인식하는 자는 동일하다. 티 없는 양심이란 승리한 악이다. 좌에서 우로 뛰는 일조차 이미 필요 없다고 생각하고 있는 것이다.

———

악은 어느 일정한 과도적인 위치에 있는 사람의 의식에서 방사된 것이다. 원래부터 감각적인 세계가 가상이 아니라 그 세계의 악이 가상인 것이다. 그러나 다만 그 악은 우리의 눈에는 감각적인 세계를 구성하고 있다.

창시자는 입법자에게서 법률을 가져다준다. 신앙하는 자는 입법자에게 법률을 포고해야 할 일이다.

동물들은 동물의 눈으로 조용히 서로를 바라보며, 분명히 서로의 존재를 신의 섭리로 받아들이고 있다.

악에는 월부로 지불할 수는 없다……. 그런데도 사람은 항상 그렇게 하려고 애쓴다.

악마적인 것은 이따금씩 착한 체하거나 아주 선으로 변신하기도 한다. 이렇게 하여 악마적인 것이 내 눈에 보이지 않으면 물론 나는 지고 만다. 왜냐하면 이러한 선이 참된 선보다 매혹적이기 때문이다.

내 무릎 위에서 그 동물은 두려움도, 추격하고 싶은 욕망도 보이지 않는다. 그것은 나에게 몸을 비벼댈 때에 최고로 기분이 좋다. 그리고 자신을 키워준 사람의 편을 든다.

그것은 이상한 충성심이 아니라, 이 지구상에 수많은 친족을 가지고 있으나 피를 나눈 단 하나의 혈족도 가지고 있지 못한 동물의 정확한 본능일 것이다. 그렇기 때문에 우리에게서 찾은 피난처가 신성한 것이다.

악에 관해서는, 악에 대해 비밀을 지닐 수 있으리라는 따위의 생각을 품어서는 안 된다.

인간의 자아의 내용은 견고하게 경계가 지어진 순간적 의식의 시야보다 더 큰 법이다. 의식은 한낱 자아의 일부에 불과하다. 그러나 어떻게 결정하든지 간에 인간은 자아 전체에 방향을 준다. 그러므로 오해라는 가장 어려운 충돌이 생기는 것이다.

카프카의 생각

악은 선의 하늘이다. 하늘은 입을 다물고 있다. 오직 입을 다물고 있는 자에게만 메아리이다.

신은 개인적으로 파악될 수 있을 뿐이다. 사람은 누구나 자신의 삶과 자신의 신을 가지고 있다. 자신을 변호도 하고 재판도 하는 이들. 사제와 제의는 영혼의 불균형적인 체험의 의족에 불과하다.

악의 절망적인 시야視野. 그 시야는 선과 악을 인식하면 벌써 거기에서 신과의 동일성을 보고 있다고 생각한다. 저주도 본질에는 무엇 하나 악화시키는 없는 것이 없는 듯하다. 즉, 길의 길이를 배로 잰다는 그러한 존재인 것이다.

인간은 자기 머리로 생각함으로써 가장 쉽게 그 머리를 잃어버린다.

깊이 생각하라는 말은 악마의 충고일지도 모른다. 그래도 그것은 좋은 일이며 인간적이라고 할 수 있다. 그것이 없다면 우리는 타락할 것이다.

─❧─

누구 한 사람이라도 진리 앞에서 입을 다물고 다소곳한 사람이 있어주면 괜찮은데, 모두―나도 이 잠언으로―가 무수한 말로 진리를 앞질러버리고 만다.

─❧─

그의 집의 이웃들이 모두 불에 타버렸으나 그의 집은 재난을 면했다. 그의 신앙심이 깊었기 때문이 아니다. 그의 집이 화재를 면할 수 있도록 그가 목격했기 때문이다.

─❧─

우리는 인식을 가지고 있다. 인식을 얻으려고 애쓰는 사람이 사실은 인식을 거스르려고 애쓴다는 혐의가 있다.

카프카의 생각

지금같이 신앙심이 없는 시대에는 사람은 명랑해야 한다. 이것은 의무이다. 침몰하는 타이태닉호에서 선상 악대는 최후까지 연주하였다. 그렇게 함으로써 절망이 기어오르는 발판을 없애려 했던 것이다.

악이란 사람의 마음을 빼앗는 것을 일컫는 말이다.

폐허에서 새로운 생명이 꽃을 피운다는 것은 삶의 영속성보다는 오히려 죽음의 영속성을 증명하고 있다.

생명을 통해 죽음이 소생될 수는 없다. 죽음을 통해 생명이 죽는 것은 아니다. 생명과 죽음은 제한되어 있다. 그것들은 거대한 연관을 가지고 포함되어 있다.

자기 인식을 지키고 있는 것은 악뿐이다.

인식은 영원한 삶으로 다가가는 척도를 나타내기도 하지만, 동시에 삶 앞에 우뚝 서 있는 장애물이기도 하다.

죽음은 눈앞에 있다. 이를테면 교실 벽면에 걸려 있는 〈알렉산더 대왕의 전투〉 그림과 같다. 인생에서 행동을 통해 이 그림을 덮어 가리느냐, 아니면 아주 지워버리느냐가 중요한 것이다.

그는 이 지구상에 갇혀 있다고 느낀다. 그에게는 활동의 여지가 없다. 갇힌 자의 슬픔, 허점, 질병, 광기가 그에게서 터져 나온다. 어떤 위안도 그를 위로하지 못한다. 왜냐하면 그것은 그저 위안일 뿐이며, 갇혀 있다는 명백한 사실에 대해서는 애정 어린 것이기는 해도 머리를 아프게 하는 위안일 뿐이기 때문이다.

카프카의 생각

사람이 죽으면 이 지상에서도 사자死者에 관해서는 잠시 흐뭇하고 특별한 정적이 생겨난다. 현대의 열병은 그쳐버리고, 죽음이 더 이상은 따라가지 않는 것이 보인다. 하나의 잘못이 제거된 듯이 생각되고, 살아 있는 사람에게도 이는 한숨을 푹 쉴 수 있는 기회가 된다. 사실 그 때문에 사람은 다시 죽은 자 방의 창문을 연다. 모든 것이 겉보기에 지나지 않음을 알고 고통과 비탄이 다시 시작될 때까지.

더 많은 것을 용서해주는 것보다 깊은 잠으로의 갈망, 형이상학적인 욕구는 주로 죽음으로의 욕구이다.

영원이란 그러나 시간의 정지는 아니다.

영원한 것을 생각할 때에 그 무엇인지 우리의 기분을 압박하는 것이 있다. 그것은 영원이라는 것 속에 시간을 경험하지 않으면 안 된다는, 우리에게는 불가해한 시인의 방식이며, 거기서 당연한 결과로 생기는 그대로서의 우리 자신이 시인인 것이다.

자살자라 함은 감옥의 앞마당에 교수대가 세워지는 것은 보고, 저것은 자기를 위한 교수대라고 지레짐작하여 밤을 틈타 독방에서 탈주하자마자 앞마당으로 내려가서 제 목을 매는 죄수이다.

우리는 어느 의미에서 이 세상의 존재를 부정하고 있다. 너의 존재를 일종의 휴식 운동 속의 휴식으로 설명한다.

모든 학문은 절대자에 대한 방법론이다. 그러니까 뚜렷이 방법적인 것에 대해서는 아무런 두려움도 지닐 필요가 없다. 그것은 껍데기다. 그러나 유일자인 신을 빼놓은 모든 것 이상은 아니다.

우리는 낙원에서 추방되었다. 하지만 낙원은 파괴되지 않았다. 낙원에서의 추방은 어떤 면에서는 행운이었다. 만일 우리가 추방되지 않았다면 낙원은 파괴될 수밖에 없었을 것이다.

카프카의 생각

나는 지금 집에 가지요. 하지만 단지 그렇게 보일 뿐이에요. 실제로는 특별히 나를 위해 설치된 감옥으로 올라가는 거예요. 이 감옥은 정말 보통 시민의 집과 비슷하고, 나를 제외하고는 누구도 감옥으로 인식하지 않기 때문에 더욱 견고해요. 그래서 탈출 시도는 차츰 줄어들지요. 눈에 보이는 사슬이 없다면 사슬은 끊어질 수 없는 법이에요. 따라서 감금은 아주 평범한 일상의 존재, 지나치게 안락하지는 않은 일상의 존재로 체계화되어 있어요. 모든 것이 튼튼한 재료로 만들어지고 견고한 것처럼 보이죠. 그런데 그것은 지옥으로 추락하는 승강기예요. 사람들은 그 승강기를 보지 못해요.

모든 사람의 결점은 성급한 데에 있다. 방법적인 것을 서둘러 중단해버리고, 겉치레적인 것에 둘러싸여 지낸다.

낙원에서의 추방은 행위가 아니라 하나의 사건이었다.

인식의 나무와 생명의 나무로 표현되는 것처럼 우리에게는 두 종류의 진리가 있다. 활동하고 있는 자의 진리와 휴식하고 있는 자의 진리이다.

죄는 언제나 버젓이 드러나서 곧 감각으로 잡을 수 있다. 죄는 감각의 근원까지 침투하지만 뽑아버릴 필요는 없다.

원하는 것이 무엇이냐고 물으면 그는 대답할 수 없다. 왜냐하면 그에게는 가장 강력한 증거들 중의 하나인 자유에 대한 개념이 전혀 없기 때문이다.

우리는 낙원에서 살도록 약속되어 있었고, 낙원은 우리에게 쓸모가 있도록 정해져 있었다. 우리의 운명은 바뀌었지만, 낙원의 운명이 바뀌었다고는 아무도 말하지 않는다.

카프카의 생각

사람에게는 두 가지 큰 죄가 있다. 다른 모든 죄는 여기에서 생겨나는 것이다. 즉, 그것은 성급함과 소홀함이다. 성급한 탓에 사람은 낙원에서 쫓겨났으며, 소홀한 탓에 사람은 낙원으로 되돌아갈 수 없다.

우리가 죄를 짊어지고 있는 것은 인식의 나무 열매를 따먹었기 때문은 아니다. 생명의 나무 열매를 아직 먹지 않은 까닭도 있다. 우리가 현재 처해 있는 입장은 죄책감과는 관계없이 죄를 짊어지고 있는 것이다.

어떤 사람이 영원의 길을 가는 것은 참으로 쉬운 일이라면서 놀라고 있었다. 즉, 그는 그 길을 곤두박질쳐 나오고 있었던 것이다.

최초의 우상숭배는 사물에 대한 공포였으리라.

어째서 우리는 아담과 이브로 인한 인간의 타락을 한탄하는 것일까? 우리가 낙원에서 추방된 것은 이 인간 타락의 탓이 아니며, 우리가 열매를 따먹지 말도록 정해져 있던 생명의 나무 탓이다.

낙원에서의 추방은 본질적인 면에서 영원한 것이다. 즉, 낙원에서의 추방은 이제는 결정적인 것으로서 이 세상에서의 생활은 피할 길이 없다.

그러나 추방의 과정 또한 영원하다—시간적인 표현을 사용하면 이 과정의 영원한 반복이라고 할 수 있다—는 점을 생각하면 우리는 영속적으로 낙원에 머물러 있는 것인지도 모를 뿐만 아니라, 이 세상에서 우리가 그 일을 알고 있든 모르든 사실 우리는 영속적으로 낙원에 머물러 있는 것일 수도 있다.

악마적인 것에 대한 지식은 있을 수 있다. 그러나 악마적인 것에 대한 신앙은 있을 수 없다. 거기 있는 것, 말하자면 악마적인 것보다 더 악마적인 것은 존재하지 않기 때문이다.

카프카의 생각

아담과 이브의 인간 타락에 대해서는 세 가지의 벌이 있을 수 있었다. 가장 가벼운 것이 실제로 주어진 일로서 낙원으로부터의 추방이며, 둘째는 낙원의 파괴이며, 셋째는 이것이 가장 잔혹한 벌이 되었을 텐데 영원의 생명을 정지하여 그 외의 것은 모두 그대로 놓아두는 것이었다.

원죄의 타락은 인간 자유의 증명이다.

우리는 신의 머릿속에 싹트는 허무주의적인 생각을 가지고 있다.

우리는 양쪽으로 신에게서 격리되어 있다. 아담과 이브에 의한 인간 타락이 우리를 신에게서 가로막고, 생명의 나무가 신을 우리에게서 멀리 떼어두고 있다.

뱀의 중개가 필요했다. 악은 비록 사람을 유혹할 수는 있어도 스스로 사람이 될 수는 없다.

신은 아담이 인식의 나무 열매를 먹는 날에는 죽지 않으면 안 된다고 말했다. 신이 말한 바에 의하면 인식의 나무 열매를 먹자마자 그 즉시 나타나는 결과는 죽음이라는 것이었고, 뱀이 말한 바─적어도 그렇게 해석할 수 있었던 셈이지만─에 의하면 그렇게 함으로써 신과 동등해진다는 것이었다.

이 두 가지 모두가 옳지 못했다. 인간은 죽지 않은 대신 죽어야 할 존재가 되었고, 또한 신과 동등해지지 못했으나 신과 동등하게 되기 위한 필수불가결의 능력을 수중에 넣었다.

한편 이 두 가지 모두가 옳기도 했다. 인간은 죽지 않았으나 낙원의 인간은 죽었고, 그들은 신이 되지는 못했으나 신의 인식이 되었던 것이다.

낙원에서의 추방 이후, 아담의 최초의 가족은 뱀이었다.

카프카의 생각

자신을 인식하라고 함은 자신을 관찰하라는 말이 아니다. 자신을 관찰하라고 함은 뱀의 말이다. 이는 자신이 자기 행동의 주체가 되게 하라는 말이다.

　　그러나 너는 이미 그렇게 되어 있다. 즉, 네 행동의 주인인 것이다. 그러므로 그 말이 뜻하는 것은 너를 오인하라, 너를 파괴하라는 것으로서 이는 좋지 않은 일이다.

　　다만 깊숙이 고개를 숙일 때에만 인간은 자신의 선이 하는 말에 귀를 기울일 수 있다. 그것은 '있는 그대로의 너를 만들기 위해'라고 말하고 있다.

　　낙원이 원래 파괴될 수 있는 것이었다면 결정적으로 중대한 것은 아니다. 그러나 낙원이 파괴될 수 없는 것이었다면 우리는 잘못된 신앙 속에서 살고 있는 셈이 된다.

　　한탄—만약 내가 영원이라면 내일 나는 어떻게 될 것인가?

최초의 우상 숭배는 분명히 물질에 대한 공포였지만, 그와 관련하여 물질의 필연성에 대한 공포이자 또한 물질에의 책임에 대한 공포였다. 그 책임이 터무니없이 큰 것으로 보였기 때문에 인간은 그것을 단 하나의 인간 외의 존재에게 떠맡겨버릴 수는 없었다. 왜냐하면 가령 어느 존재가 중개했다고 하더라도 인간의 책임은 아직 충분히 강해졌을 리가 없는 데다 그 존재와의 교류는 또한 책임으로 아주 더럽혀졌으리라는 사실 때문이다. 그러므로 인간은 모든 사물에게, 그 사물 자신에게 책임을 주었다. 그리고 그것만으로 그치지 않고 사물에게 인간에 대한 제 나름의 책임마저 부여한 것이다.

우리가 훌륭한 인생을 살면 살수록 죽음은 더욱 무의미한 것이 되며, 그에 대한 공포도 없어진다.

죽음은 우리를 삶에서 부축해 내려주지 않으면 안 된다. 마치 아픈 사람을 휠체어에서 부축해 내려주듯이.

우리의 구원은 죽음이다. 그러나 이 세상의 죽음은 아니다.

삶이 소중한 이유는 언젠가는 끝나기 때문이다.

인간은 자신의 슬픈 곳을 넘어서야 위대해질 수 있다.

이것은 단식을 평생의 업으로 삼았던 어떤 남자의 이야기다. 한때 그는 충격과 감탄의 대상이었다. 많은 사람이 몰려와서 그가 굶주림을 관조하는 광경을 지켜보았다. 단식 광대, 그의 얼굴은 수척하다 못해 차마 눈뜨고 보기 힘들 정도였다. 그는 우리에 들어앉은 채 관객들의 시선을 받으면서 골똘히 생각에 잠겨 있곤 했다. 어떤 사람은 그를 의심했다. 일반인으로 구성된 감시단이 번갈아 망을 보기도 했지만, 단식 광대가 몰래 음식을 먹는 광경을 목격한 사람은 아무도 없었다.

누구도 진실로 쉴 새 없이 단식이 행해지고 있는지 자기 눈으로 확인할 수는 없었다. 그것을 아는 것은 다만 단식 광대 자신뿐이었다. 그만이 단식하는 자이자 동시에 단식에 만족하는 관객이었다. 그런데 그는 안타깝게도 그 일로 만족을 느껴본 적이 없었다.

우주가 무한한 넓이와 충실을 안고 있다는 생각은 노고에 찬 창조와 자유로운 자기 성찰을 극단에까지 뒤섞은 성과이다.

우리는 이제 인간의 제한된 공간이 아니라, 크고 작은 수십억 개의 세계에 둘러싸인 작고 적막한 별에 살고 있다. 우주는 마치 심연처럼 열려 있다. 이 깊은 구멍 같은 심연에서 우리는 매일 개인적 행동의 자유를 점점 더 많이 잃어가고 있다.

프라하. 종교들이 사람들과 같이 잃어져간다.

내가 담당한 구역의 사람들은 이 꼴이다. 언제나 불가능한 일들을 의사에게서 바라는 것이다.

옛날의 믿음을 그들은 잃어버렸다. 목사는 집에 앉아서 미사복을 하나하나 갈기갈기 찢고 있는데, 의사는 그의 면밀한 외과 의사의 손으로 만사를 달성하지 않으면 안 되는 것이다.

그래, 좋을 대로 해라. 내가 자청해서 나선 적은 없었다.

그대들이여, 나를 성스러운 목적을 위해 써라. 나 또한 내게 무슨 일이 일어나도 내 몸을 내맡길 터이니. 나와 같은 늙은 시골 의사가 무슨 더 나은 일을 하려고 하겠는가?

환자들이여, 기뻐하라!
너희를 위해 의사가 침대 위에 눕혀졌나니!

숨을 곳은 무수히 많으나 구원은 오직 하나밖에 없다. 그러나 구원의 가능성은 숨을 곳만큼 많다.

인간은 구원을 얻기 위해 스스로를 제한하고, 가장 큰 현실의 죄를 버리고, 자신의 인격을 버린다. 외면적인 구속으로 내면적인 자리를 획득하려고 한다. 이것이 계율에 대한 복종의 의미이다.

"어디 가십니까? 주인님."

"모른다." 내가 대답했다. "그냥 여기를 떠난다. 그냥 여기를 떠난다. 그냥 여기를 떠나 그대로 간다, 그래야만 나의 목표에 다다를 수 있다."

"그렇다면 목표를 알고 계시는 거지요?" 그가 물었다.

"그렇다." 내가 대답했다. "내가 '여기를 떠난다'라고 했지? 그것이 나의 목표다."

죽음을 각오한 사람은 마루에 눕거나 가구에 기대거나 이를 딱딱 부딪치거나 그 자리에서 꼼짝하지 않은 채 벽을 문지르거나 하고 있다.

인식이라는 것이 시작하는 첫 표정은 죽고 싶다는 소망이다. 이 인생은 견딜 수 없는 것으로 생각되고, 또 하나의 삶은 도달하기 어렵게 느껴진다. 인간은 죽으려고 생각하는 것을 이제는 더 이상 부끄럽게 여기지 않는다. 자신이 지겨워하고 있는 해묵은 독방에서 앞으로 지겹게 여기게 될 것이 분명한 새 독방으로 옮겨달라고 청하는 셈이다.

그 무렵에 신앙의 잔영도 발동한다. 즉, 새로운 독방으로 옮겨지는 도중에 주께서 우연히 복도를 건너오셔서 죄수의 얼굴을 들여다보며 "이 사나이는 더 감금해서는 안 된다. 내게로 오도록 해라"고 말씀해주시리라고.

독자적인 성격을 강조하는 것—즉, 절망.

될 대로 되라는 절망적인 기분은 무방비 상태라는 말과도 일맥 상통한다.

내가 지금 운동선수가 되려는 꿈을 가지는 것은, 마치 천국에 올라가서 그곳에서도 이 지상에서와 똑같이 절망할 수 있는 것이 허용되기를 바라는 것과 다를 바 없으리라.

나는 이것을 아주 분명하게 내 몸에 대한 절망, 그리고 내 몸이 겪을 미래에 대한 절망에서 쓰고 있다.

만약 절망이 자신의 대상에 묶여 있다는 것이 그토록 확실해 보인다면, 퇴로를 확보하려고 애쓰는 군인처럼 그렇게 자제된 것이라면 그것은 진정한 절망은 아니다. 진정한 절망이란 자신의 목표를 당장 그리고 영원히 지나쳐버린 그러한 것이다.

눈을 뜨고 우리는 꿈속을 걸어가고 있다. 우리는 지나간 시대의 망령에 불과하다.

카프카의 생각

───※───

　사람은 스스로에게 영향을 주고 싶어하며, 가능한 한 자기 자신에게서 분리되어 편견이나 공상의 그늘에 숨어 잠시 인공적인 생활을 하고 있다.

　그것은 사람이 선술집 한구석에 주저앉아 보잘것없는 브랜디 술잔에 잠긴 채 완전히 혼자 증명할 수 없는 거짓 상념이라든가 꿈을 즐거워하고 있는 것과 똑같다.

───※───

　눈은 꿈으로 가려져 있다. 그러나 꿈은 시간과 더불어 사라진다.

───※───

　나는 한편으로 잠을 자면서 꿈과 싸워야겠다는 말을 한다.

───※───

　단 한 개의 내부로 향해 터진 종기는 외부에 있는 몇 개의 종기보다 위험하다. 정말 고쳐야 하겠다면 병적 변화의 근본을 제거하여야 한다.

그것은 위탁이다. 나는 나의 성격상 아무에게서도 맡겨지지 않은 위탁 외에는 인수할 수 없다. 이 모순 속에서, 언제나 모순 속에서가 아니면 나는 살 수 없다.

　　그러나 마침내 누구나 모두 그러할 것이다. 살면서 죽어가고, 죽으면서 살아가고 있는 것이 인간의 일상이기 때문이다.

　　가장 보수적인 사람조차도 죽는다는 과격한 말을 함부로 입에 올리다니!

　　죽음의 잔인성, 즉 그것은 외관만의 종말이 정말로 고통을 불러일으키는 점이다.

　　죽음의 잔인성은 죽음이 종말의 고통을 가져다주면서도 종말은 가져다주지 않는다는 점에 있다.

카프카의 생각

질병은 언제나 경고인 동시에 시험이다. 그러므로 질병, 고통, 고민은 역시 신앙의 가장 중요한 원천이다.

———

고뇌는 이 세상의 적극적인 요소이다. 아니, 이 세상과 절대자 사이의 유일한 연결이다.

———

평균화는 옳을지도 모른다. 그러나 너무 객관화하면 살 가능성은 모두 폐기되고 만다.

———

부족한 생명력과 잘못된 교육과 독신 생활은 회의론자를 낳는다. 그러나 절대로 그렇다는 것은 아니다. 회의를 구하기 위해 회의론자는 적어도 관념적으로는 결혼하고, 그리고 깊은 신앙심을 갖는다.

저는 자리에 지금 있습니다. 아무것도 모르겠어요. 더 이상 무엇을 할 수도 없어요. 저의 나룻배에는 방향키도 없어요. 그저 죽음의 밑바닥 안을 불어대는 바람에 실려 나룻배는 가는 것이지요.

———

이 세상은 만들어진 지점에서부터만 선한 것으로 볼 수 있다. 거기서부터만 '보라, 그것은 선했다'라고 했기 때문이다. 그리고 거기서부터만 유죄 결정이 내려지고 파괴될 수 있는 것이다.

———

최후의 심판이라는 것은 우리의 시간 개념이 만든 말에 지나지 않는다. 사실은 즉결 재판인 것이다.

———

인간을 교육하는 것, 그것은 나쁘든 좋든 간에 필요한 것인지도 모르겠다.

학교는 어른들이 선동하는 음모의 산물이다.

우리는 언젠가 한 번은 신을 향해 가야 되며, 과거와 미래까지도 상관없이 구원을 받았다는 생각을 갖게 된다.

반항하지 말고 진정하여라. 진정은 힘의 표시이다. 인간은 진정에 의해 힘을 얻게 된다.

인도의 종교서들은 나의 마음을 끌기도 하면서 동시에 싫증나게도 한다. 독소처럼 무언가를 유혹하는 것과 무섭게 하는 것이 섞여 있다. 이들 요기와 마술은 모두 자유를 향한 불타는 사랑으로써가 아니라 삶에 대한 말할 수 없이 싸늘한 증오로써 자연의 포로가 된 삶을 지배한다. 인도의 종교적 예배의 원천은 깊은 비관주의이다.

악은 이따금씩 사람의 손에 쥐어진 연장 같은 것이다. 악이라는 것이 알려지거나 말거나 사람에게 의지만 있으면 변함없이 옆에 내려놓게 된다.

보편적인 것이란 언제나 두 가지로 해석될 수 있다. 때에 따라서는 보편적인 것은 만족으로 해석되고, 다른 경우에는 개체와 보편 사이의 보편적인 왕래로 시작된다.

우선 무엇보다 만족이야말로 보편적인 것으로 해석되며, 그와 동시에 구하는 바의 목표이기도 하다. 보편과 개체 사이의 왕래는 현실 무대에서 이루어지는 데 비해 보편적인 것 사이에서의 생활은 다만 무대 배경에 그려 넣어져가는 것처럼 보이기 쉽다.

자신의 말과 자신의 여러 확신 사이에 신앙을 옳게 분배할 일이다. 하나의 확신에 대해 알게 된 순간에 그 확신을 빈정거리지 못하게 할 일이다. 확신이 부과하는 책임을 말에게 전가하지 말 일이다. 여러 가지 확신을 말로 도둑맞지 않도록 할 일이다.

＊

'체험'이 절대자 속에 안주하는 것이라면 '직관'은 이 세상을 우회하여 절대자에게 이르는 우회로일 수밖에 없다.

＊

신앙은 자기 자신 가운데에서 파괴하기 어려운 것을 해방함이다. 좀 더 정확히 말하면 자기 자신을 해방하는 일이고, 더욱 정확히 말하자면 다만 있는 것이다.

＊

가만히 참으면 해방된다. 처형에서도.

＊

유대인이 메시아인 것을 인식하지 못했다는 말은 사실이다. 하지만 자기의 창조물이 인식하지 못한 것을 그대로 내버려두는 신이란 얼마나 무자비한가. 여하튼 아버지는 아이들이 바르게 생각하지 못하고, 바르게 말하지 못할 때는 아이들에게 얼굴을 내민다. 그러나 이러한 말은 길거리 담화의 주제가 되지 못한다.

사랑이 불가능하여 생기는 것이 증오이다.

많은 사람들이 옆구리를 내밀고 있으면서도 숲속에서 들려오는 도끼 소리를 듣지 못하고 있지. 그런데 하물며 도끼가 자신에게 다가오는 소리를 들을 수 있겠나?

인간은 자기 자신으로부터 탈출할 수 없다. 그것은 인간의 운명이다. 인간이 가지고 있는 유일한 가능성은 우리가 억압받고 있는 것을 방관하면서 잊어버리는 일이다.

악과 불쾌한 것은 그대로 가만히 내버려두시오. 피하지 마시오. 반대로 그것을 정확히 관찰하시오. 반동적인 자극 대신 능동적인 이해를 부여하시오. 그렇게 하면 당신은 이 문제를 초월할 수 있을 것이오.

카프카의 생각

예언자는 본래 언제나 신앙의 지점에 대해 말할 뿐, 신앙만을 이야기하는 일은 절대로 없다.

그리스도는 빛으로 찬 심연이다. 인간은 추락하지 않기 위해서는 눈을 감아야 한다.

은총은 내릴지도, 내리지 않을지도 모른다. 이처럼 침착한 듯 아닌 듯한 기대는 벌써 은총의 전조이거나 은총 자체일 수도 있다.

자신의 과제를 아주 똑바로 아는 사람은 없다.

극도로 집중하면 힘들다는 것도 잊어버린다.

인간의 운명은 자유분방한 인생을 살도록 되어 있는 것도 아니고, 또한 그렇게 내맡겨진 인생을 살도록 되어 있는 것도 아니다.

방탕아라는 단어는 내 마음속에 사막을, 미로를 떠오르게 한다. 방탕아란 사막 가운데서 길을 잃은 사람이다.

쾌락의 샘은 방탕아의 고독의 샘이다. 그 물은 아무리 마셔도 취하지 않는다. 그러나 끝내 갈증을 풀어주지도 않는다.

악이 사용하는 수단은 문답이다.

나는 굴을 나 자신을 위해 팠지, 방문자를 위해 판 것은 아니다.

카프카의 생각

나는 몸이 지쳐서 몇 번인가 절망하여 모든 것을 내동댕이치고 벌렁 드러누워 뒹굴면서 굴을 저주하였다. 굴을 열린 채로 내버려 두고 몸을 질질 끌면서 밖으로 나가버렸다. 그럴 수 있었던 것은 다시는 굴로 되돌아오지 않으려고 했기 때문이었다. 그러다가 몇 시간 혹은 며칠이 지나면 후회가 되어 되돌아왔다. 그러면 굴이 성한 것이 기뻐서 콧노래가 나올 지경이었고, 정말 즐거워하면서 새롭게 일을 시작했다.

이 굴이 내게 확신을 가져다줄 것인가? 나는 전혀 확신을 원하지 않을 만큼 되어버렸다.

인간은 자기에게 있는 그 어떤 파괴할 수 없는 것을 항상 믿고 기대지 않고서는 살아갈 수 없다. 그때 그 파괴할 수 없는 것도 그 믿음도 항상 그의 눈에는 가려진 채로 있을 수 있다. 그 가려진 채로 있는 것은 여러 가지 형태로 표현될지 모르지만, 그 하나는 자신의 개인적인 신에 대한 신앙이다.

우리는 눈에 보이지 않는, 고르게 작용하는 꾸준한 어떤 힘에 밀려서 살아가고 있는지도 모른다.

일단 악을 나에게 받아들이면 악은 다시는 그의 말을 믿어달라고 요구하지 않는다.

아브라함의 정신적인 빈곤과 이 빈곤의 둔중함은 하나의 장점이다. 이는 그가 정신 집중을 하는 데에 도움이 되고 있다. 아니, 차라리 그 자신이 이미 정신인 것이다. 그러나 다만 그것으로써 그는 정신 집중력을 적용하는 데에 있어서의 장점을 잃고 있다.

아브라함은 다음과 같은 착각에 사로잡혀 있다. 이 세상의 단조로움에는 견딜 수 없다. 그러나 이 세상은 알다시피 기가 막히게 다양하다. 그것은 한 줌의 세계를 손에 들고 잘 들여다보면 언제나 확인될 수 있는 일이다. 물론 아브라함은 그것을 알고 있다. 그러기에 이 세상이 단조롭다는 한탄은 이 세상의 다양성과 긴밀하게 혼합되어 있지 않은 데에 대한 한탄인 것이다.

악이 사람을 유혹하는 데 있어 가장 효과적인 수단의 하나는 싸움을 걸어오는 것이다.

인간은 수단을 목적 위에 놓는 수가 있다. 이렇게 함으로써 인간은 육감적이 되는데, 이 육감적이라는 것은 우리의 주의력을 의미에서 먼 곳으로 돌리게 한다.

우리가 해내야 할 과제가 우리의 인생과 똑같은 크기라는 사실이 그 과제에 무한이라는 외관을 부여하고 있다.

구세주는 이미 구세주가 필요 없게 되었을 때에야 비로소 나타날 것이다. 즉, 구세주는 우리가 도착한 하루 뒤에 겨우 나타날 것이다. 마지막 날이 아니라 마지막 다음 날에 나타날 것이다.

신앙심을 가지고 있는 자는 기적을 체험할 수 없다. 낮에는 별이 안 보이는 법이다.

순교자들은 육체를 하찮게 여기지 않는다. 그들은 육체를 십자가 위에 올려놓게 한다. 그 점에서 그들의 적과 일치한다.

자기 관찰에 대한 피하지 못할 의무. 내가 다른 누구에게 관찰받고 있으면 나도 물론 나를 관찰하지 않으면 안 된다. 아무에게도 관찰 받지 않으면 그때는 그만큼 내게 적대시하고 있거나, 나 같은 것은 아무래도 좋다거나, 내가 짐스러운 사람이라면 그들은 나를 손쉽게 뿌리칠 수 있을 것이다. 그리고 그 점은 나로서 부러워할 만도 하다.

오늘날만큼 사랑할 수 있는 시대는 없었다.

카프카의 생각

아무리 확고부동한 논리라도 살고자 하는 사람에게는 통용될 수
없다.

5

미래는 이미
내 가슴속에 있다

우리가 읽는 책이 우리의 머리를 주먹으로 한 대 내리쳐서
잠에서 깨우지 않는다면 도대체 왜 그 책을 읽는 거지?
책이란 무릇 우리 내면의 꽁꽁 얼어버린 바다를
깨뜨리는 도끼가 아니면 안 되는 거야.

나는 한 마리의 까마귀입니다. 한 마리의 카프카(Kavka, 까마귀)인 것입니다. 데인호프에 사는 석탄 상인이 한 마리 가지고 있더군요. 그 카프카는 나보다 더 잘 지내고 있습니다. 물론 날개를 잘리기는 했습니다만······.

내 경우에는 날개를 잘릴 필요조차 없습니다. 내 날개는 퇴화되어 있으니까요. 나에게는 높이도 거리도 없습니다. 나는 어찌할 바를 몰라 인간들 사이를 뛰어다닐 뿐입니다. 인간들은 나를 의심스러운 눈으로 바라봅니다. 아무튼 나는 위험한 새요, 도둑이요, 까마귀입니다. 하지만 반짝이는 까만 날개를 가져본 적은 없습니다.

예술의 입장과 인생의 입장은 예술가 자신의 내부에서도 별개의 것이다.

───❦───

예술은 경험한 바를 체득하고 극복하는 것이다.

───❦───

예술은 기록이 아니다. 기록만으로는 예술이 되지 못한다.

───❦───

어떤 예술이든지 그 배후에는 정열이 있다.

───❦───

예술은 자연의 맹목적인 모방에 지나지 않으며, 또한 맹목적인 모방일 수밖에 없다. 다시 말해 물질적 실상의 단순한 재현이다.

우리의 예술은 진실에 현혹되었다.

뒤로 물러서는 가식적인 얼굴을 비추는 빛이 진실이며 그 밖의 것은 아무것도 아니다.

오늘은 아름답다가도 내일이면 쑥스러워진다. 이것이 문학과 예술의 길이다.

예술은 진리의 주변을 날고 있다. 그러나 몸을 태울 짓을 하지 않으리라는 강한 의도를 가지고서이다.

예술의 능력은 이제까지는 그리 눈에 띄는 일이 없는 듯한 빛의 발산을 힘차게 받아낼 수 있는 한 장소를 어두운 허공에서 찾아낸다는 점에 있다.

청춘의 확신에 도취되지 않은 예술은 없다.

예술에 있어서 청춘의 존재는 참으로 의심스럽다.

예술의 자기 망각과 자기 지양. 원래는 도망하고 있는 것이 산책 또는 공격이라고도 불린다.

예술가는 현실을 변화시키기 위해 인간에게 다른 눈을 주려고 시도하고 있다.

우리의 가슴속에는 아직도 어두운 구석, 비밀에 찬 길, 닫힌 창, 불결한 정원, 떠들썩한 선술집, 문이 잠긴 여인숙이 살아 있다.

예술은 하나의 거울이다. 그것은 시계처럼 앞서 간다, 때때로.

카프카의 생각

카페는 문학인의 지하 묘지이다. 거기에는 빛도 사랑도 없다. 거기에 일단 발을 들여놓으면 누구도 빠져나올 수 없다. 그런데도 많은 문학 지망생들이 그곳으로 향한다.

기술이 예술을 필요로 하는 것 이상으로 예술이 기술을 필요로 한다.

스케치는 '표시하다, 지시하다'라는 뜻의 동사에서 파생된 말이다. 내가 보기에 그것은 화가의 마음속에 담긴 심한 혼란과 무질서를 보여줄 뿐이다.

오늘날 만들어진 책의 대부분은 번쩍이는 영상에 지나지 않는다. 이러한 것은 금방 사라져버린다. 당신은 좀 더 오래된 책을 읽어야 한다.

접신교란 문학의 대용품에 불과하다.

———

진실이라는 것은 마음의 문제이다. 이 마음은 오직 예술로써만 획득할 수 있다.

———

진실보다 더 큰 신비는 없다. 문학은 언제나 진실을 탐구하는 것에 지나지 않는다.

———

진실은 예술의 외부에 존속하는 것이 아니다. 진실은 예술 이외에 아무런 가치도 가지지 않으며, 그리고 가질 수도 없다.

———

이처럼 자그마한 책인데도 그 속에는 부르짖음이 많다.

카프카의 생각

진실을 이야기하고자 한다면 그 작품에는 감정의 불길이 있다고 할 수 있다.

진실이 문제될 때면 위대한 생각을 하는 사람도 세련된 예의쯤은 내팽개쳐버린다.

우리가 읽는 책이 우리의 머리를 주먹으로 한 대 내리쳐서 잠에서 깨우지 않는다면 도대체 왜 그 책을 읽는 거지?

우리를 괴롭히는 불행이든지, 자기 자신보다 더욱 좋아하는 사람의 죽음이거나 아니면 자살이든지, 또는 모든 사람들의 곁을 떠나서 숲속에 버림을 당하는 경우처럼 그것이 우리에게 주는 작용과 같은 그러한 영향을 주는 책이 우리에게 필요하다.

책이란 무릇 우리 내면의 꽁꽁 얼어버린 바다를 깨뜨리는 도끼가 아니면 안 되는 거야.

우리에게 필요한 책은 큰 고통을 주는 불행처럼, 우리가 정말 사랑하는 사람의 죽음처럼, 우리가 모든 사람에게서 떠나 숲속으로 추방당한 것처럼, 자살처럼 충격을 주는 것이다.

내게는 책에 대한 갈망이 있다. 책을 소유하고 싶다거나 읽고 싶다거나 하는 것이 아니라 책을 보고 싶다는 갈망이다. 서점에 진열되어 있는 책을 보고는 거기에 무엇이 있는지 확인하는 것만으로 나는 만족한다.

어디엔가 같은 책이 여러 권 있으면 나는 그 각각의 책에 환희를 느낀다.

가지고 있는 책은 별로 기쁨이 못 되지만, 누이동생이 책을 가지고 있다는 사실만으로도 나는 즐겁다. 책을 제 것으로 만들고 싶다는 욕구는 거의 없다고 해도 좋을 정도이면서도 그렇듯 책에 대한 갈망을 지니니 아무래도 변태적인 식욕 같다.

독서는 충실한 인간을 만들고, 대화는 임기응변에 능한 인간을 만든다.

사람이 독서를 하는 것은 의문을 던져보기 위해서이다. 그러한 의문의 여지를 별로 남겨주지 않는 작가들은 자신을 자상한 작가로 착각하고 있을지도 모르지만, 실상은 읽을 맛이 나지 않는 작가들이다.

괴테는 그의 작품의 위력을 통해 독일어의 발달을 저해한다.

생활에서는 쉽게 쓸 거리를 끄집어낼 수 없다. 오늘날에도 역시 읽어야 할 것은 고전이다. 고전 중에서도 괴테를.

괴테는 우리 인간에 관한 것은 모두 말한 사람이다. 오스왈드 슈 펭글러의 〈서양의 몰락〉이 몽땅 괴테에게서 훔쳐 온 것이라는 견 해는 타당성이 있고도 남는 이야기이다. 이른바 학자들이란 시인 세계를 그들의 학문 세계에 옮겨놓고는 명예와 의의를 얻는다.

키르케고르의 논증에는 항상 마법이 따르고 있다. 그는 논증하 기를 피해 마법의 세계로 들어갈 수도 있고, 마법을 피해 논리 속 으로 들어올 수도 있거니와 양자를 동시에 암살해버릴 수도 있다. 그의 정신은 지나치게 풍부하다. 그는 그 정신과 함께 마치 마법 의 수레를 타고 있는 것처럼 지상을 쏘다닌다. 길이 없는 곳도. 그 리고 거기에는 길이 없다는 것을 스스로는 알 수 없다. 그 때문에 후계자를 구하는 그의 겸허한 바람은 대체로 난폭한 행위가 되고, 길을 가고 있다는 정직한 신앙이 교만한 자부심으로 변한다.

카프카의 생각

키르케고르는 존재를 미적으로 향수하는가. 아니면 도덕적으로 체험하는가라는 문제 앞에 서 있는 사람이다. 그러나 나는 문제의 설정이 틀렸다고 생각한다. 양자택일은 키르케고르의 머릿속에 있을 뿐이다. 실제로 사람은 겸허한 도덕적 체험에 의해 실재의 미적 향수에 도달할 수 있을 뿐이다.

———✦———

W. 프레드의 〈버림받은 거리〉라는 책, 어떻게 사람이 그러한 책도 쓸 수 있을까? 약간의 글재주로 그토록 쉽사리 자신을 속일 수 있다니 행복한 사람이라고 해두자. 남을 괴롭히는 행복한 사람이라고.

———✦———

레옹 블루아는 욕하는 능력을 지니고 있다. 그것은 아주 대단한 것이다. 그는 정열이 있다. 그것은 예언자의 정열을 방불케 한다. 내 말의 뜻은 그가 욕을 아주 잘한다는 것이다. 이에 대한 설명은 어렵지 않다. 그의 정열은 현대의 모든 오물로 양육된 것이니까.

범죄 소설을 읽는 것에 대해 부끄러워하지 않아도 된다. 도스토 옙스키의 〈죄와 벌〉도 사실은 범죄 소설이다. 셰익스피어의 〈햄릿〉 도 마찬가지고.

⁓❦⁓

모르겐슈타인은 놀라울 정도로 진지한 시인이다. 그의 시는 너 무도 진지하기 때문에 그는 자신의 비인간적인 진지함을 피하여 〈교수대의 노래〉로 도피하지 않을 수 없었다.

⁓❦⁓

하인리히 하이네는 불행한 인간이다. 독일인들은 그의 유대인 기질을 비난했으며 지금도 비난하고 있다. 하지만 사실상 그는 독 일인이며 유대인 기질과 충돌하는 소독일인이기도 했다.

⁓❦⁓

오스카 와일드는 불꽃을 튀기면서 사람의 마음을 유혹한다. 마치 조그만 화약이 불꽃을 튀기면서 사람의 마음을 유혹하는 것처럼.

타고르와 볼프는 그리 먼 사이가 아니다. 인도에서 라이프치히까지, 이 거리는 외면적인 것에 불과하다. 사실 타고르는 변장한 독일인이라고 볼 수도 있다.

요하네스 슐라프는 감동을 잘하는 사람이다. 막스 브로트와 함께 바이마르에 갔을 때에 우리는 그를 방문했다. 그는 문학이나 예술에 대해서는 전혀 알려고 하지 않았다. 그의 모든 관심은 현재의 태양계를 부정하는 데에 집중되어 있었다.

사람들은 현존하는 이들을 도무지 모른다. 현재는 변화이며 변형이다. 알베르트 에렌슈타인은 현시대의 한 사람이다. 그는 허공으로 사라져 부르짖는 어린아이다.

마술은 무엇을 만들어내는 것이 아니라 불러내는 것이다.

평범한 문학 작품의 저자가 아직도 살아 있어 그들 작품 뒤를 쫓고 있다는 사실에서 끄집어내는 숨겨진 이점. 그러한 것은 이미 고물이 된 것인데도 고물이 된 것처럼 보이지 않는다는 것이다.

나의 머릿속에 있는 세계는 놀라운 것이다. 하지만 어떻게 나를 해방시킬 것이며, 나를 괴롭히지 않고 어떻게 그것들을 해방시킬 것인가. 오히려 그것을 내 속에 간직하거나 묻어두고 괴로워하는 것이 나을지도 모른다.

자서전을 쓰는 것은 크나큰 기쁨이 될 수 있으며, 다른 사람들의 감정과 이해에 접근할 수 있도록 해준다.

일기를 쓰는 것은 마음을 가라앉히고 맑게 하기 때문에 좋다. 뿐만 아니라 자신의 변화를 의식할 수 있어서 더욱 좋다.

카프카의 생각

일기 속에는 우리가 오늘날 보면 참을 수 없는 것으로 생각되는 상태에서도 살며, 주위를 둘러보고 그 관찰을 적어두었다는 증거를 찾게 된다. 즉, 그것은 이 오른손이 당시에도 오늘처럼 움직였다는 증거인 것이다.

오늘의 우리로 말하면 자신들의 당시 상태를 살필 수 있다는 점에서 전보다는 현명해진 셈이지만, 그만큼 당시의 우리가 매우 무지했으면서도 끊임없이 노력을 계속하고 있었던 그 용감성을 칭찬하지 않을 수 없게 된다.

나는 당신들이 18일간 떠나 있어야 한다는 것을 알았어요. 견디기 힘들군요.

그래도 일기는 갖고 계시겠지요? 아직 일기를 쓰지 않았다면 바닷가 같은 곳으로 거처를 옮겨서 현재까지 그렇게 해왔듯이 여행에 대한 스케치도 하면서 함께 일기를 쓰십시오. 일기 쓰기를 아침부터 저녁까지 계속해야 되더라도 말입니다.

당신들에게 이 한마디를 해주고 싶어요. 만약 당신들이 일기를 쓰지 않겠다면 우리와 사이가 나빠질 것이라는 점을.

빨리 돌아오십시오.

나는 일기 쓰는 것을 포기하지 않을 것이다. 거기에서 나를 확인해야만 한다. 왜냐하면 거기에서만 그럴 수 있기 때문이다.

이미지를 찾을 수 없을 만큼 극대화시킬 수 있는 증거들은 얼마든지 있다.

문체만이 오로지 사물들을 보는 절대적인 방식이다.

올바르고 유일한 길은 현실에 만족하는 것이다.

돈키호테의 불행은 그의 공상이 아니라 산초 판사이다.

돈키호테의 가장 중요한 행동 중의 하나, 즉 풍차를 상대로 싸우는 것보다 더욱 억지스러운 것은 자살이다. 죽은 돈키호테가 죽은 돈키호테를 죽이려고 한다. 그러나 죽이기 위해서는 살아 있는 입장이 필요하다. 그것을 그는 끊임없이 그의 긴 칼로 아무런 보람도 없이 찾고 있다. 이러한 일에 부지런을 떨면서 두 죽은 돈키호테는 서로 뒤엉킨 채 힘차게 곤두박질하면서 각 시대를 굴러가는 것이다.

음악은 보다 새롭고 보다 섬세하고 보다 복잡한, 따라서 보다 위험한 자극을 자아낸다. 반면에 문학은 자극으로 인한 혼란을 정화시키려고 한다.

청중의 시선은 앞에 있는 대상을 차분히 보고 싶어하면서도 배후로 습격을 당한다. 특히 그의 배후가 노출되어 있지 않을 때는 쌍방이 느끼는 즐거움은 사라져버린다.

연극이 가장 강력한 효과를 발휘하는 것은 비현실적인 것을 현실적인 것으로 만드는 때이다. 그럴 때 무대는 현실을 내부에서 비추어주는 잠망경이 된다.

영화는 확실히 규모가 큰 장난감이다.

나는 눈의 인간이다. 그런데 영화는 보는 것을 방해한다. 급격한 운동과 화면의 빠른 변화가 사람으로 하여금 자꾸 보도록 만든다. 눈이 화면을 점령하는 것이 아니라 화면이 눈을 점령한다. 화면이 의식에 흘러넘치는 것이다. 영화란 지금껏 벗고 있던 눈에 제복을 입히는 것을 의미한다.

시인이란 국가의 위험한 요소이다. 시인은 변덕스럽기 때문에. 반면에 국가와 국가의 충복들은 있는 그대로의 지속을 원한다.

카프카의 생각

미에 대한 동경이 여인들을 배우로 만든다. 현실 생활은 시인이 꾸는 꿈의 반영에 불과하다. 현대 시인들의 칠현금 줄은 셀룰로이드로 만든 한없이 가는 줄이다.

시인은 고립된 죽음을 영원한 삶으로, 우연을 합법적인 것으로 이끌고 나아갈 임무를 가지고 있다. 그는 예언자적인 임무를 지니고 있는 셈이다.

시인은 사람들을 향해 양손을 내밀고 있다. 그러나 사람들에게 보이는 것은 우정의 손이 아니라 오직 눈과 심장을 겨누고 불끈 움켜쥔 주먹일 뿐이다.

비평가는 다다이즘적이라는 말을 어린아이가 장난감 칼을 휘두르듯이 사용한다.

천재적인 작품은 우리를 둘러싼 주위에 사람이 옹기에다 자기 정신의 작은 불씨를 넣어두기에 십상인 곳이다. 그러므로 천재적인 것에서 일어나는 정신을 점화하는 자극은 보통 사람의 정신을 점화해서 자극하는 것으로서, 반드시 모방으로만 사람을 몰아가지는 않는다.

형식은 내용의 표현이 아니라 내용의 도발에 지나지 않으며, 내용으로 가는 길이자 문일 따름이다. 그것이 작용하면 감추어져 있던 배경도 열린다.

기도의 형식으로서 글쓰기.

하이든은 작곡할 때면 언제나 향수를 뿌린 가발을 썼다고 한다. 글을 쓴다는 것 역시 그러한 강신술의 일종인 것이다.

휘트먼은 자연과 그 자연에 명백하게 대립된 문명을 유일하게 우리를 취하도록 하는 인생의 감정과 결합시켰다. 그 이유는 그가 끊임없이 모든 현상의 단기적인 지속을 앞서 직접 보았기 때문이다. 그는 '삶이란 죽음으로부터 남아 있는 얼마 되지 않는 것이다' 라고 말했다.

미국에서 남북전쟁이 일어났을 때에 휘트먼은 간호보조원이었다. 그는 오늘날 우리 모두가 해야만 했던 일을 했다. 그는 약한자와 병자, 패배자를 도왔다.

글을 쓰려면 굽히지 말라.
희석시키지 말라.
논리적으로 만들려고 애쓰지 말라.
유행에 맞추어 당신의 영혼을 편집하지 말라.
당신의 가장 강렬한 집착을 무조건적으로 따라가라.

당신은 사건이나 대상 그 자체보다는 그 사물이 당신의 마음속에서 불러일으키는 인상에 대해 훨씬 더 많은 것을 말하고 있습니다. 그것은 서정시입니다. 당신은 세계를 파악하는 대신 세계를 만지작거리고 있습니다.

──※──

나는 글쓰기 외에는 그 어떤 가능성도 찾으려 하지 않았고, 언제 다음번 글을 쓸 것인지를 정하는 데에 심사숙고했다.

──※──

어쩌면 나는 점점 나무토막으로 굳어가고 있다. 그러나 그것은 게으름일 뿐만 아니라 공포, 쓴다는 것에 대한 전체적인 공포이다. 쓴다는 것, 이 엄청난 작업, 지금은 그것을 하지 않고 지내야만 한다는 것이 내 불행의 전부이다.

──※──

내 이마에 끊임없는 경련을 일으키면서 글을 써보고 싶다.

카프카의 생각

내게 아름답게 보이는 것, 내가 쓰고 싶은 것은 이런 거라오.

무엇에 관해 말하는 것이 아닌 책, 외적으로 어디에도 연관되지 않는 책, 지구가 무엇으로 지탱되지 않으면서도 대기에 떠 있듯이 문체의 내적 힘만으로 지탱되는 책, 거의 주제를 가지지 않는 책이거나 적어도 주제가 거의 눈에 띄지 않는 책 말이오.

나의 기력은 글을 더 쓰기엔 이미 충분하지 못하다. 그렇다. 글이 어휘의 문제라면, 또한 어휘의 배치도 충분하다면 사람은 자기 자신과 함께 이 어휘로 완전히 가득 차 있는 조용한 마음으로 자기를 속일 수 있으리라.

나는 용기를 되찾았다. 공중에서 추락하다가 누군가에게 잡힌 공처럼 다시 균형을 되찾은 것이다. 내일. 아니 어쩌면 오늘부터 나는 더 긴 시간을 요하는 작업을 시작할 것이다. 이 작업은 나의 능력에 달린 것이다. 나는 힘이 남아 있는 한 이 작업을 중단하지 않을 것이다.

―――※※※―――

　나는 마구 글을 씀으로써 나 자신으로부터 도망하였으나 마지막에 가서는 나 자신을 붙잡으려고 하였다.

―――※※※―――

　마치 나는 돌로 된 것 같기도 하고, 또 내 몸이 비석 같기도 하다. 회의와 신앙, 사랑과 증오, 용기와 근심이 부분적으로나 전체적으로 빠져나갈 구멍이라고는 전혀 없다. 희미한 희망이 한 가닥 살아 있을 뿐이지만, 이 희망이란 비석에 새겨져 있는 비문에 불과하다.

　내가 쓴 단어는 모두 다음에 쓴 단어와 거의 일치하지 않는다. 힘없이 자음이 서로 비벼대고 그 반주로서 모음이 노래하는 것을 나는 듣는다. 나의 회의는 각 어휘의 둘레에 겹쳐 있고, 나는 어휘를 보기 전에 먼저 회의를 본다. 그러나 그 다음에는 무엇이 있는가? 나는 어휘를 조금도 보지 않는다. 나는 어휘를 발견해낸다.

　물론 이것이 최대의 불행은 아닐 것이다. 나는 송장 냄새를 나 자신이나 독자의 얼굴 정면으로가 아니라 다른 방향으로 불어 보낼 수 있는 어휘들을 만들어내도록 되어야 한다는 것뿐이다.

카프카의 생각

그것이 가능하다면 가장 아름다운 작품은 재료가 최소한으로 들어 있는 작품이다. 표현이 생각에 가까워질수록 단어는 거기에 밀착되어 사라지고 더욱 아름다워진다.

여전히 내게 이해되지 않는 것은, 글을 쓸 줄 아는 자는 거의 누구나 고통 속에서 그 고통을 객관화할 수 있다는 점이다.

가령 나는 불행 속에서도, 또 불덩이 같은 머리를 안고 있으면서도 책상을 끼고 앉은 채 내가 불행하다는 사실을 누구에겐가 문자로 전할 수 있다. 아니, 나는 그 이상으로 여러 가지 수식어를 늘어놓으면서 불행과는 아무런 관계도 없는 재능을 발휘하여 글을 씀으로써 나의 불행을 잊기까지 하는 것이다.

자주 생각해보았는데, 내게 가장 좋은 삶의 방식은 글을 쓰는 도구와 램프를 가지고 밀폐된 넓은 지하실의 가장 깊숙한 곳에 앉아 있는 것이다.

———

　나의 허약함을 변호하기 위해 나는 주의력을 실제의 것 이상으
로 강하게 만든다.

———

　언젠가 당신이 내가 글을 쓰는 동안 내 옆에 앉아 있고 싶다고
한 적이 있지요. 들어봐요, 그러면 나는 쓸 수 없습니다. 한 줄도
쓸 수 없을 것입니다. 글을 쓴다는 것은 자신을 지나칠 정도로 열
어놓는 것을 뜻합니다. 인간적인 교제에서 마음을 최대한 열어놓
거나 헌신을 할 때는 자신이 그 안에서 길을 잃어버린다고 느끼게
됩니다.

———

　어제는 〈시골 학교의 선생〉을 거의 정신없이 써댔다. 덕분에 한
잠도 못 잤다. 대신 오늘 사무실에서 몇 번이나 꿈을 꾸면서 졸곤
했다. 집에 돌아오니 아버지의 꾸중이 대단하다. "그래, 너는 네
일에까지 아버지를 끌어넣을 작정이냐!" 내가 사무실에서 졸았다
는 사실을 어떻게 아신 모양이다. 그러나 나는 오늘 밤에도 계속
써댈 작정이다.

　　　　　　　　　　　　　　　　　　　　카프카의 생각

어떤 사람들은 글을 아침나절에는 물론 낮에도 쓴다고 한다. 내게는 불가능한 이야기이다. 나는 햇빛에 주의력을 빼앗기고 만다.

소설에는 많은 햇빛과 좋은 기분이 깃들어 있다. 거기에는 애정 또한 많다.

소설은 쓰이기 위해 존재하는 것이지, 읽히기 위해 존재하는 것이 아니다.

어떤 소설도 첫머리는 그저 웃음거리 같은 것이다. 이 새롭고, 아직 미완성이고, 여기저기 상하기 쉬운 생물이 이 세상의 잘 짜인 기구 속에서 생명을 유지해나갈 수 있으리라고는 도저히 생각되지 않는다. 왜냐하면 이 세상도 온갖 완성된 기구와 마찬가지로 스스로를 담고 배제하여 완결시키려고 애쓰고 있기 때문이다.

모든 것들, 즉 내 머릿속에 떠오르는 모든 것들은 뿌리에서부터
가 아니라 중간 어디쯤에서 비로소 생각나는 것들이다. 누군가가
그때 그것을 붙들려고 시도하든, 누군가가 풀 한 포기를 그려놓고
거기에다 자신을 붙들려고 시도하든 간에 그것은 줄기 중간에서
비로소 자라기 시작한 풀이다.

마음의 감동을 거침없이 외부로 내밀 수 있는 것은 커다란 행복
이다.

나는 행복하지 않다. 대신 행복의 문턱에 있다.

신념은 증명했다. 집중과 심신의 완전한 개방으로써만 작품이
이루어질 수 있다는 것을.

카프카의 생각

대단한 열성을 가지고 새 소설을 쓰기 시작. 부디 도중에 포기하지 말 일이다. 도중에 포기하는 것만큼 헛수고가 어디 있을까? 작품을 쓸 때는 밤을 새워 작품의 등짝을 바짝 잡을 일이다. 그렇지 못할 경우에는 작품의 알맹이는 아주 달아나버리고 만다.

22일 밤 10시부터 23일 아침 6시까지 줄곧 한자리에 앉아서 〈심판〉을 썼다. 오랫동안 앉아 있었던 까닭에 다리가 굳어서 책상 밑에서 떼어낼 수 없었다. 공포에 싸인 긴장과 환희의 그 작품은 내가 물 위를 걸어가고 있듯이 내 앞에서 전개되었다.

어젯밤 몇 번이나 몸을 뒤로 젖히고 고통을 겪었다. 어떻게 하면 세상의 모든 것과 꺼졌다 다시 켜졌다 하는 위대한 불길을 기다리고 있는 가장 이상한 환상을 제대로 그려낼 수 있을까?

나의 삶은 오래전부터 글을 쓰려는 시도로 이루어져왔고 또 이루어져 있습니다. 그러나 대부분 실패했어요. 글을 쓰지 않을 때는 방바닥에 누워 있습니다. 빗자루로 쓸어내기에나 적합하지요.

내가 그렇게 많은 것을, 내가 올해 들어 써내려간 거의 모든 것을 내버리고 지워버리고 한 것은 어쨌든 나의 작업에 지장을 주고 있기 때문이다. 결코 그럴 수 없는 일이지만, 산더미처럼 내가 여태껏 썼던 것의 나머지를 모두 합친 것보다 다섯 배쯤은 더 많았던 듯이 느껴지고, 내가 이제 쓰는 것이 모두 그 안에 포함되었던 것처럼 여겨진다.

---※---

그렇지만 무슨 일이 있어도 나는 무조건 글을 쓸 것이다. 그것은 나를 유지하기 위한, 생존을 위한 투쟁이다.

---※---

나는 나에 대해 많은 것을 쓸 수 없다. 그것은 게으름 때문—나는 거의 낮에까지 잤다. 그리고 꿈속에서 나는 그 어떤 거물 역할을 하고 있었다—이고, 나의 자의식을 배반할지도 모른다는 불안에서인 것이다.

정신적인 싸움에서도 자신과 남을 가리는 이 무의미함.

―※―

글쓰기를 중단하는 것, 나는 그럴 수 없다.

―※―

위로가 된다면 단 하나, 네가 원하든 원하지 않든 그것은 일어난다는 점이다. 그리고 네가 원하는 것은 눈에 띄지도 않을 만큼 거의 도움이 되지 않을 뿐이다. 위로 이상의 것은 너도 무기를 가졌다는 사실이다.

―※―

글을 쓸 때는 언제나 더 불안해진다. 이해할 수 있다. 모든 단어들은 유령―손을 이렇게 휙 돌리는 것이 유령들 움직임의 특징―의 손 안에서 방향을 바꾸면서 화자에게로 끝을 겨누는 창이 된다.

―※―

잠에서 깨어나면 숱한 꿈이 나에게 몰려든다. 그 꿈을 생각하지 않으려고 마음을 쓴다. 왜냐하면 밤사이에 모든 희망이 사라졌기 때문이다.

나는 계단을 내려갔다. 내려가는 것은 앞서 올라갔던 것보다 더 힘이 들었다. 올라가는 것도 결코 쉬운 적이 없었는데, 아아, 어찌 이런 쓸데없는 일이 있단 말인가.

이제는 어떤 문장도 역부족이다. 그렇다. 만일 말만이 문제가 된다면, 하나의 말을 갖다 놓는 것으로 족하다면, 그리고 그 말을 몽땅 자기로 채웠다는 편안한 의식을 지닌 채 몸을 돌릴 수 있다면 문제는 달라지는 것인데…….

비록 발견하기는 어렵다고 해도 어느 곳엔가 행운의 별이 있음이 틀림없으며, 그 별 아래에서 계속 살아갈 수 있으리라고 믿기 시작합니다.

나는 언젠가 글을 쓰는 일을 위해 무엇을 희생했으며, 글을 쓰는 일을 위해 무엇을 잃었으며, 더 정확히 말해 이러한 진술로 인해 견뎌낼 수 있게 된 손실들에 대해 하나하나 목록을 만들어보았습니다.

카프카의 생각

나는 나의 내부에 간직하고 있는 작은 온기만으로 다른 사람들을 도울 수 있다. 그 밖의 방법은 불가능하다.

나는 외곽에 자리하고 있으나 이미 이 새로운 세계의 시민이기도 하다. 이 새로운 세계와 일상의 세계는 사막과 농경 지역—가나안을 나와 떠돌았던 땅—이 맺는 것과 동일한 관계를 맺고 있다. 낯선 곳에 와서야 나는 뒤를 돌아보게 된다.

자신의 집을 가진다는 것에는 무언가 특이한 것이 있습니다. 그것은 방의 문도 아니고, 아파트의 문도 아닌, 자기 집의 문을 세계에 대해 닫을 수 있다는 점입니다.

의식이 없는 고독으로의 바람. 다만 자신하고만 마주하고 싶다.

나는 많은 시간을 혼자서 지내지 않으면 안 된다. 내가 해낸 말들은 고독의 성과물에 다름 아니다.

───※───

홀로 있으면 쇠퇴하지 않는 힘이 나에게로 온다. 나의 내부—단지 피상적인 시간—는 의혹이 풀리면서 한층 깊이 해제되게 마련이다. 내부의 질서가 조금이나마 이루어지기 시작한다. 더 이상 필요한 것은 없다. 왜냐하면 무질서는 조그만 재능을 가진 자들에게 가장 나쁜 것이니까.

───※───

결국은 혼자서도 못 있게 되리라는 그 결함에 대한 공포!

───※───

글을 쓰는 동안은 당신에 대해 조금도 생각하지 않는다고 믿었는데, 최근에 당신이 나의 글쓰기와 얼마나 친밀한 연관을 맺고 있는지 발견하고는 놀랐습니다.

———

이제 나의 삶을 당신에 대한 생각으로 확장했습니다. 깨어 있는 동안 당신을 생각하지 않는 시간은 15분도 안 됩니다. 다른 일은 아무것도 하지 못하는 15분도 많습니다.

그러나 이 사실조차도 글쓰기와 연관이 있습니다. 글쓰기의 성쇠만이 나의 삶을 결정합니다. 글쓰기가 시원찮을 때, 당신에게 향하는 용기는 내지 말았어야 했습니다.

———

글을 쓸 때 혼자 있는 것은 당연합니다. 글을 쓸 때 주위가 조용해야 하는 것도 마찬가지지요. 밤은 너무 짧아서 마음껏 쓸 수 있는 시간이 충분하지 않습니다. 갈 길은 먼데 쉽게 길을 잃어버리기 때문에 더욱 두려움을 느끼면서 뒤로 돌아가고 싶은 마음이 듭니다.

———

나는 잠을 잘 수 없다. 잠이 들어도 꿈만 꾸기 때문에 편하지 않다. 꿈도 고약스럽기만 한 것들뿐이다.

나의 불면은 방문객에 대한 일종의 불안에서 야기된다.

'나는 모른다.' 나는 소리 없이 외쳤다. '나는 정말 몰라.' 아무도 오지 않는다면 안 오는 거겠지. 나는 아무한테도 나쁜 짓 같은 것은 하지 않았어. 또 아무도 나한테 나쁜 짓을 하지 않았어. 그런데 아무도 나를 도우려들지 않는군. 전혀 아무도.

그러나 그런 것은 아니다. 다만 아무도 나를 돕지 않는다는 것이다. 그런데 전혀 아무도 아닌 자는 예의가 바른데, 아무도 아닌 자들과 소풍이라도 하고 싶다고 생각한다. 그렇게 하지 않을 이유가 있나?

지난여름의 펠리체와의 결별은 나의 창작 활동을 고려한 때문이었다. 나는 저작 활동이 결혼에 의해 위협당할 것을 걱정했다. 이중의 절망감—저작 활동에 대한 희망이 충족되지 않은 것을 포함하여—을 가지고 기다린다는 것은 나로서는 불가능하다.

참회를 하게 되었을 때에 내게는 아무런 할 말이 없었다. 가슴속의 걱정은 모두 사라졌고, 반쯤 열린 교회 문으로 번쩍이는 태양과 흑점, 광장이 아무런 요동 없이 즐겁게, 그리고 조용히 누워 있는 것이 눈에 띄었다.

나는 최초로 가슴에 사무쳤던 괴로움만을 생각해보았다. 나는 그 괴로움의 고약한 뿌리까지 보려고 했으나 그렇게 할 수 없었다. 나는 어떤 괴로움도 생각해내지 못했으니 그 괴로움들은 내게 아무런 뿌리도 내리지 못하고 있었던 것이다.

결국 모든 것을 받아들이는 데에 가장 좋은 방법은 역시 자기 자신이 무거운 덩어리가 되어 행동하는 것, 그것이다.

그래도 날아갈 것같이 느낄 때는 자신을 꾀어 불필요한 수단을 부리지 말고 상대방을 마치 짐승과 같은 눈초리로 바라보면서 후회를 느끼지 않을 것, 요컨대 유령으로서 여명을 가지고 있는 모든 것을 자신의 손으로 눌러 죽일 것, 다시 말하자면 최종적인 묘지의 안식을 증가시키고 그 외에는 아무것도 존속시키지 말 것이다.

대화는 나를 지루하게 만든다. 누군가를 방문하는 일이나 친척들의 기쁨과 슬픔은 내 마음속까지 지루하게 만든다. 대화는 내가 생각하는 모든 것들로부터 중요한 그 무엇과 진지함, 그리고 진실을 빼앗아간다.

어째서 묻는 것이 무의미할까?

하소연한다는 것은 질문을 해놓고 해답이 나올 때까지 기다리고 있다는 뜻이다. 그러나 그 물음이 성립되었을 때에 스스로를 답해놓지 않은 물음에는 영원히 답이 주어지지 않는다. 묻는 자와 답하는 자 사이에 거리가 없다. 극복해야 할 거리가 존재하고 있지 않다. 그러므로 묻는 일과 기다리는 일 모두가 무의미하다.

내가 주위로부터 받고 있는 불안. 의사에게서 진찰을 받을 때면 의사는 마치 가망이 없는 것처럼 나를 떠나서 무시하듯 판에 박힌 말만 몇 마디 지껄이는 것 같다.

───※───

나의 본질은 불안이다.

───※───

나는 항상 나의 **뼛속**에 간직하고 있고 이 **뼛속**에서만 체험되는 그 무엇인가를 말하고자 했고, 설명할 수 없는 것을 설명하려고 했으며, 전달할 수 없는 무언가를 전달하려고 했습니다. 그것은 아마도 이미 자주 언급했던 불안인 것 같습니다.

그 불안은 가장 거대한 것뿐만 아니라 아주 사소한 것에 대해서도 가지고 있는 불안이며, 한마디 말을 하는 데에 있어서도 경련을 일으키는 불안입니다.

───※───

내가 머릿속에 지니고 있는 무서운 세계. 그런데 어떻게 그것을 찢는 방법이 없이 나를 그것으로부터 해방시킬 수 있을까? 그러나 그것을 내 속에 머무르게 하거나 파묻어버리기보다는 찢어버리는 편이 수천 배 낫다. 그래서 나는 여기에 존재하는 것이고, 그것은 아주 분명한 사실이다.

미래는 이미 내 가슴속에 있다. 변화가 있다면 감추어졌던 상처가 드러나 보이게 되는 것뿐이다.

모든 것이 나에게 결혼을 생각해보도록 한다. 유머 잡지의 우스갯소리 하나하나, 그리고 플로베르와 그릴파저의 회상, 수면을 위해 침대 위에 놓여 있는 양친의 잠옷, 막스의 결혼 등등 모두가.

어제는 누이동생이 말했다. "결혼한 사람들—우리가 아는 사람들 중에서—은 모두 행복해요." 까닭을 알 수 없으나 이 말로 인해 내가 결혼을 다시 생각하게 된 것이 나를 불안하게 한다.

나는 누이동생들 앞에서는, 특히 그녀들이 결혼하기 전에 그랬지만 남들 앞에 섰을 때와는 다른 사람이 되곤 했다. 대담하고 숨김없고 힘차고 사람들을 놀라게 하는 존재였다. 글을 쓰는 시간을 제외하고는. 그런데 결혼하게 되면 나는 아내라는 사람을 통해 모든 사람에게 그러한 사람일 것을 강요당할 것이 아닌가! 글을 쓰는 시간조차도. 그것은 안 된다. 절대로 안 된다!

혼자 있으면 나의 직장쯤은 정말로 내던져버릴 수 있을 것이다. 그러나 결혼하면 이제 그러한 짓은 꿈도 못 꾸게 될 것이다.

　

다른 사람들은 결혼을 하면 거의 포만 상태에 빠집니다. 그들에게 결혼은 마지막으로 크게 한 입 음식을 먹는 것과도 같습니다. 그러나 나의 경우는 다릅니다. 포만 상태와는 거리가 멀지요.

　

나는 아무것도 완성하지 못하고 있다. 시간이 없는 데다 또한 시간이 그토록 나를 내부로 압박하기 때문이다. 하루 종일 시달리지 않고 이 아침의 불안이 한낮까지 나의 내부에 나타났다가 저녁에 사라져주면 나는 잠을 편히 잘 수 있을 것이다.

그러나 대개는 이 불안이 황혼에 이르러서만 더해가는 것이다. 나에게 있어 황혼은 그저 해롭기만 한 밤을 마련해줄 뿐이다. 나는 이 불안을 오랫동안 이겨낼 수 있을까? 그리고 이겨낸다는 것에는 무슨 목적이라도 있는가? 그러면 시간이라도 나에게 주어지는가?

제가 짐작할 수 있는 한, 저와 결합한다면 따님께서 불행해질 것은 분명합니다. 저의 외부 사정뿐만 아니라 저의 본성이 폐쇄적이고 말이 없고 사교성이 없는 불청객입니다. 저는 가정에서 착하고 친절한 가족들 사이에서도 남들같이 서먹서먹한 생활을 하고 있습니다. 결혼으로 제가 달라지는 일은 있을 수 없습니다. 저의 직장이 저를 변화시킬 수 없는 것과 마찬가지입니다.

결혼을 소망한 것은 사실 구원을 향한 가장 대담하고 희망찬 시도였다. 물론 좌절도 그에 못지않게 심대했다. 이 문제에서 나의 온갖 노력은 모두 물거품으로 돌아갔다.

그렇게 부르고 싶으면 나를 현자라고 불러도 좋다. 언제 어느 순간에도 내게는 죽을 준비가 되어 있기 때문이다. 그러나 그것은 내가 나 자신에게 다하도록 부과된 일들을 모두 마치고 있는 까닭은 아니다. 그러한 일은 하나도 하지 않고, 또한 그러한 일을 언젠가는 해치우게 되리라는 생각은 꿈에도 할 수 없다.

사진을 찍는 것은 사물을 감각으로부터 추방하기 위한 것이다. 그리고 나의 글은 애초에 눈을 감아버리자는 시도인 것이다.

명확하게 생각해낸 것들을 쓰려고 할 때는 무엇이든 무미건조하고 어리석으며 불안하고 불완전한 것으로 여겨진다.

햇빛, 공장, 집, 맞은편의 창들이 나를 방해합니다. 가장 심한 것이 햇빛입니다. 햇빛은 주의력을 빼앗습니다. 빛은 아마 마음의 어둠으로부터 나오나 봅니다. 빛이 인간을 압도한다는 것은 좋은 일입니다. 지긋지긋하게 잠을 못 이루는 밤이 없다면 나는 전혀 글을 쓸 수 없을 것입니다. 그럴 때면 어두운 독방에 갇혀 있는 자신을 의식하게 됩니다.

정말 젊은 여자들을 글쓰기의 수단으로 삼을 수 있을까?

40대가 되면 윗입술 밖으로 덧니가 살짝 드러나 보이는 노처녀와 결혼할지도 모른다. 파리와 런던에 살던 K양의 위쪽 앞니들은 구부러진 무릎처럼 약간씩 서로 기울어져 있다.

그러나 나는 40대의 생일까지 살지 못하리라. 그 예로 나의 두개골 한쪽이 자주 긴장하면서 그렇게 살지 못하리라고 말하고 있다. 나는 정신적인 나병에 걸렸다고 느낀다.

제발 내가 젊어지고, 나의 소망을 이룰 만한 힘이 내게 있다면!

제목은 거울과 같은 의미를 갖는다.

우연성에 따라 잡히는 대로 맹목적으로 선택하고 생각하여 쓸 때, 실제의 규모에 비해 얻어내는 것은 별로 없다.

카프카의 생각

내가 지금 할 수 있는 유일한 일은 끝까지 침착하고도 분별력 있는 이성을 갖는 것이다.

작품은 나이고, 내 이야기들은 나이다. 나와 관계없는 것은 아무것도 쓰지 못한다.

어느 날 나는 다리를 부러뜨렸지만, 내 인생에서는 그것이 가장 신나는 체험이었다.

제 글쓰기의 주제는 아버지이십니다. 아버지의 가슴에 안겨 푸념하지 못하는 것들만 글에서 털어놓았을 뿐입니다. 글쓰기는 아버지로부터의 작별을 의도적으로 지연시키기 위한 방법이었습니다. 이 작별은 아버지에 의해 강요된 것이지만, 제가 정한 방침에 따라 진행되었던 것입니다.

저의 글쓰기, 또한 글쓰기와 관련된 것—아버지께서 모르시는 것—들에 대한 아버지의 거부감은 한결 정당한 것이었습니다. 글을 쓸 때는 제가 실제로 한 걸음 더 자립하여 아버지에서 벗어날 수 있었기 때문입니다. 비록 그 도피에서는 뒤쫓아 온 발에 밟혀 일부가 떨어져나간 몸뚱이를 옆으로 질질 끌고 가는 벌레가 연상되었을지라도 말입니다. 그러나 어느 정도는 안전했습니다. 숨을 들이쉴 수도 있었습니다.

　아버지께서는 최근에 저에게 물으셨지요. 왜 아버지가 두렵다는 말을 하느냐고요.

　그때 저는 평소 늘 그랬듯이 뭐라고 대답해야 할지를 모르겠더군요. 그렇게 한마디도 못하고 말았던 까닭은 바로 아버지에 대한 제 두려움 탓이기도 했고, 다른 한편으로는 그 두려움의 근원을 이루는 갖가지 요인들이 너무 많아서 빠짐없이 정리하여 말씀드린다는 것이 힘겨웠기 때문이기도 합니다. 하지만 결국 이러한 식으로도 몹시 미흡한 대답밖에는 드리지 못할 것 같아요. 왜냐하면 두려움과 그 두려움이 빚어낸 결과들로 인해 저는 글을 쓸 때에도 역시 아버지 앞에서 머뭇거리게 되거든요.

카프카의 생각

문학과 관계없는 모든 것을 나는 싫어한다.

역사는 아무런 의미가 없는 매 순간의 과오와 영웅적 행위에 의해 이루어진다. 강물에 돌을 던지면 파문이 일어난다. 그러나 대다수의 인간은 초개인적인 힘을 의식하지 못한 채로 살아간다.

작가에게 있어 글을 쓴다는 것은 그 무엇보다도 앞선다. 쓴 것만이 생명을 지닌다. 나머지는 모두 무가치하다. 존재할 권리가 없는 것들이다. 예를 들어 말로 왈가왈부하는 것들 말이다.

어떤 것을 말하기만 하는 것으로는 너무나 부족하다. 문제를 살려내야 한다. 그럴 때 언어는 중요한 중개자이며, 살아 있는 것이며, 매개물이다.

신문 속에 파묻혀 있다는 표현은 정말 상황을 잘 포착하고 있다. 신문은 세계에서 일어난 일들을 보고한다. 돌 옆에 돌을, 쓰레기 옆에 쓰레기를 나란히 놓아서. 이는 흙과 모래의 무더기일 뿐이다. 어디에 의미가 있는가?

역사를 사건들의 축적으로 본다면 그것은 전혀 무의미하다. 사건들의 의미가 중요한 것이다. 그런데 이것은 신문에서는 찾을 수 없고, 우연하게 눈에 띄는 것의 객관화에서만 찾을 수 있다.

진실이란 인생의 참으로 위대하고 가치 있는 것들 중의 하나로서 돈으로 살 수 없는 것이다. 인간은 이것을 사랑이나 미와 같이 선물로 받는다.

신문은 매매되는 상품이다. 그러나 모든 것이 거짓말이라고 할지라도 그 자체는 진리에 봉사하고 있다. 그림자가 태양을 없애지는 못한다.

옳은 말은 사람을 인도하고, 옳지 못한 말은 사람을 타락시킨다.

말이라는 것은 감각적인 세계 밖에 있는 것에 대해서는 다만 암시적인 사용밖에 할 수 없으며, 조금이라도 비유적이 된다면 다시는 사용하지 못한다. 말은 감각적인 세계에 알맞게 다만 소유와 관계만을 다루고 있는 까닭에서다.

말의 오용을 피하기 위해 꼭 때려 부수고자 하는 것이 있으면 미리 단단히 붙들어두어야 한다. 저절로 허물어지는 것은 결국 허물어지게 마련이다. 그것을 때려 부술 수는 없다.

사람들이 가장 좋게 말하는 것은 멀리 있는 것에 관해서이다. 멀리 있는 것은 퍽 아름답게 보인다.

언어는 영원의 애인이다.

체코어의 가장 곤란한 점은 체코어를 다른 언어와 정확히 구별할 때입니다. 체코어는 어렵습니다. 그러니까 조심스럽게 보호해주어야 합니다.

저는 아직 한 번도 독일 민족 속에서 살아본 적은 없습니다. 독일어는 제게 모국어이고, 그래서 저에게 자연스럽게 느껴질 뿐입니다. 하지만 체코어는 훨씬 더 가깝게 느껴집니다.

저의 직장은 저로서는 견딜 수 없습니다. 왜냐하면 직장 생활은 저의 유일한 욕망이자 유일한 직업인 문학에 모순되기 때문입니다. 저는 문학 외에는 아무것도 아니고, 문학 이외의 것이 될 수 없으며, 되고 싶지도 않습니다.

되는 대로 쓴 글이 출판되면 나는 늘 불안하다.

문학이 주는 묘하고 불가사의한 위안. 어쩌면 해로울 수도, 해방을 안겨줄 수도 있는 위안. 그것은 살인자의 대열에서 뛰쳐나가는 일이며 행위를 관찰하는 일이다.

문학적으로 보자면 나의 삶은 지극히 단순하다. 꿈과 같은 내면의 삶을 묘사하는 일이 운명이자 의미가 되었고, 나머지는 전부 주변적인 사건이 되어버렸다. 삶은 무서울 정도로 위축되었고, 지금도 계속해서 점점 더 위축되어간다. 그 어떤 일에서도 이처럼 큰 만족감을 얻지 못했다.

피비린내가 나지 않는 동화는 없습니다. 동화는 어느 것이든지 피와 불안의 깊은 곳에서 생겨나는데, 이것이 모든 동화의 유사성입니다. 표면상으로는 다릅니다. 북유럽의 동화는 아프리카 흑인들의 동화처럼 풍부하고 공상적인 동물들의 형상으로 차 있지는 않습니다. 하지만 알맹이인 동경의 깊이는 똑같습니다.

탐험가는 비문을 읽기 위해 무릎을 꿇어야 했다. 비문은 다음과 같이 쓰여 있었다. '여기 전 사령관이 잠들다. 지금은 이름을 밝힐 수 없는 그의 지지자들이 이 무덤을 파고 비석을 세우다. 사령관이 일정한 기간이 지난 뒤에는 부활하여 이 집에서 자기 지지자들을 지휘하여 유형지를 다시 정복하리라는 예언이 있다. 믿고 기다릴지어다!' 탐험가가 그것을 다 읽고 일어났을 때 자기 주위의 사람들이 빙글빙글 웃는 것을 보았다. 그 웃음은 그들이 마치 그와 함께 비문을 읽은 뒤 그것을 우습게 여기고, 탐험가도 자기들과 같이 생각하기를 바라는 것처럼 보였다.

―❦―

저는 도달하려고 했던 것이 도달한 셈입니다. 그것이 애쓸 만한 가치가 없는 것이라고 말하지는 마십시오. 그리고 저는 인간의 판단을 바라지 않습니다.

―❦―

'슬그머니 사라져라'는 멋진 독일 속담이 있습니다. 저는 그렇게 했습니다. 슬그머니 사라졌습니다.

카프카의 생각

나와 그 사이의 먼 길에는 심한 눈보라가 치고 있었다.

그들은 의자에 편안히 앉아서 앞날의 전망에 대해 이야기했다. 그 전망이라는 것도 잘 생각해보면 그리 나쁘지 않았다.

오늘 저녁, 처음으로 나 혼자서 가까운 곳으로 산책을 나갔습니다. 여느 때는 다른 사람과 함께 가거나 아니면 그저 집에서 누워 있었습니다. 그런데 여기는 어디일까요? 아주 멋진 곳입니다. 당신이 여기 있다면 얼마나 좋을까 하고 생각해봅니다. 그리고 생각하는 것조차도 제대로 되지 않는 이 머리, 정말 한심합니다. 하지만 그렇게는 말할 수는 있어 당신이 여기 없다는 것을 슬퍼하고 있다고 한다면 이것은 거짓이 되겠지요. 안타까운 마술이기는 하나 당신은 바로 여기 있습니다. 나와 마찬가지로, 아니 나의 존재보다도 더 강렬하게 말입니다.

— 연인 밀레나에게 보낸 편지 중에서

카프카는 숱이 많은 까만 눈썹 밑에 큰 눈을 갖고 있었다. 그의 갈색 얼굴은 퍽 생기가 있어 보였다. 카프카는 얼굴로 말했다. 그는 언어를 얼굴의 근육을 움직여서 표현했다. 미소 짓는 일, 눈썹을 모으는 일, 좁은 이마에 주름을 잡는 일, 입술을 앞으로 내밀거나 뾰족하게 하는 일, 이런 모든 행동이 그가 하는 말을 보충하는 것이다. 카프카는 몸짓을 좋아했다. 그러나 그것을 함부로 쓰지는 않았다. 그의 몸짓은 대화에 따르는 언어의 중복이 아니라, 말하자면 독립된 운동 언어 그것이며 의사 표현의 방법이었다. 따라서 결코 수동적인 반사 행동이 아니라 뚜렷한 의사표현인 것이다.

두 손을 맞잡는다든가, 사무용 책상 위에 있는 받침대 위에 손바닥을 펴놓는다든가, 의자에 기댄 상체를 기분좋게 긴장시켜 뒤로 젖힌다든가, 어깨를 추켜세우고 머리를 앞으로 숙인다든가 하는, 그런 일들은 그가 언제나 변명하려는 듯한 미소를 머금고 아껴 사용하는 표현 수단의 자그마한 일부분으로 마치 이렇게 말하려는 듯했다.

"그것은 사실입니다. 그리고 나는 내가 연극을 쉬고 있다는 것을 고백합니다만, 내 연극이 당신들의 마음에 들기를 희망합니다. 그리고 내가 이런 행동을 보이는 것은 조금이라도 당신들이 나를 이해해주기를 바라기 때문입니다."

— 문학적 추종자 구스타프 야노우크의 글 중에서

카프카의 생각

카프카는 내가 잠을 푹 자지 못한 것을 눈치채고 있었다.

"감동에 사로잡혀 아침까지 글을 썼습니다."

나는 사실대로 그에게 말했다.

카프카는 나무로 조각한 듯한 큰 두 손을 책상 위에 올려놓고 천천히 이야기했다.

"마음의 감동을 그렇듯 거침없이 바깥으로 내밀 수 있는 것은 대단한 행복이지."

"마치 취한 것 같았습니다. 나는 도대체 무엇을 썼는지 이직 읽어보지도 못했습니다."

"물론이겠지. 글이란 체험의 찌꺼기에 불과한 것이야."

— 문학적 추종자 구스타프 야노우크의 글 중에서

사랑하는 막스, 내 마지막 부탁이네. 내가 남겨놓은 것(그러니까 책장, 서랍장, 집과 사무실의 책상 등에 있거나 또는 그 밖의 다른 장소든가 자네가 생각나는 곳에 있는 것), 즉 일기, 원고, 남의 것이든 내 것이든 편지 모두, 스케치 등 남겨놓은 것은 하나도 빠트리지 말고, 그리고 읽어보지도 말고 불태워주게. 또 내가 썼거나 스케치한 것으로 자네가 갖고 있거나 자네가 내 이름으로 남들로부터 받을 수 있는 것은 모두 불태워주기 바라네. 남들이 자네에게 넘겨주지 않는 편지들은 그들 스스로 불태워주었으면 좋겠네.

— 친구 막스 브로트에게 보낸 편지 중에서

사랑하는 막스, 아마 이번에는 내가 회복되지 못할 것 같네. 한 달 내내 폐열이 있은 뒤에 폐렴이 생긴다는 것은 분명한 일이지. 내가 이 글을 쓴다는 것은 어떤 힘을 갖고 있다는 것이 되겠지만, 이 글이 결코 폐렴을 막지는 못할 거야.

이런 상황에서 나의 마지막 유언은 내가 쓴 모든 것과 관련해서 아래와 같은 것이네.

내가 썼던 것 중에서 〈선고〉, 〈화부〉, 〈변신〉, 〈유형지에서〉, 〈시골 의사〉 등과 단편 〈단식사〉는 그대로 두게. 〈관찰〉 몇 부도 그대로 두게. 누구에게든 책을 찢는 수고는 끼치고 싶지 않아. (그러나 그중의 어떤 것도 새로 출판되어서는 안 되네.) 대섯 개의 책과 하나의 단편소설을 그대로 두기로 한다고 말했는데, 그것은 내가 그 작품들이 새로 출판되거나 후세에 상속시키고 싶다는 뜻을 갖고 있다는 것은 아니야. 그 반대라네. 만약 그 작품들이 완전히 없어진다면 그것이야말로 나의 바람에 일치하는 것이라네. 하지만 그 작품들이 세상에 나왔으니까 어떤 사람이든 그것들을 갖고 싶어 한다면 나는 굳이 그것까지 막지는 않겠네.

— 친구 막스 브로트에게 보낸 편지 중에서

너무 연약한 인간이 쓴 아주 강인한 소설들
─ 프란츠 카프카의 생애와 문학

글 쓰는 일에 지장만 없다면 무엇이든 할 수 있다

프란츠 카프카(Franz Kafka)는 1883년 7월 3일 오스트리아 · 헝가리 제국 소속인 보헤미아 왕국(지금의 체코)의 수도 프라하에서 유대인 상인의 장남으로 태어났다.

장신구 도매상을 운영하고 있던 아버지 헤르만 카프카는 생활력과 사업욕이 매우 강한 정열적인 사람이었다. 어머니 율리에 뢰비는 탈무드 학자를 다수 배출한 집안 출신으로 겸손하고 민감한 성격의 소유자였다. 건강하고 외향적인 활동가였던 아버지에 비해 병약하고 내성적이었던 카프카는 생애 전반에서 아버지와 갈등과 대립의 관계에 있었다.

경제적인 성공과 사회적인 인정을 최고의 가치로 여기고 있던 아버지는 아들 카프카를 왕립 독일 인문 고등학교에 진학시켰다.

고등학교 시절의 카프카는 고전문학 수업에 큰 관심을 쏟은 반면 종교에 대해서는 냉담한 태도를 보였다. 철학과 예술에도 흥미를 가져 글을 쓰는 작업이 이미 이 시기에 시작되었다.

1901년에 카프카는 프라하 독일 대학으로 진학하였다. 1902년 10월 카프카는 독서 및 연설 모임인 '독일 대학생 강연 낭독회'에 참여하여 막스 브로트를 알게 되었다. 이후 브로트는 카프카의 영원한 친구이자 조력자가 되었다. 카프카의 일부 작품이 생전에 간행된 것도 브로트의 도움 덕분이었고, 유고를 불태워달라는 카프카의 유언에도 불구하고 그의 대부분의 작품이 사후에 간행된 것 역시 브로트에 의해서였다.

대학 시절 동안 카프카는 시와 산문을 습작하는 일에 몰두하였다. 1904년 가을부터 이듬해까지 그는 〈어느 투쟁의 기록〉을 썼다. 이미 이 무렵에 왜 글을 써야 하는지에 대한 자각이 무르익어 있었다. 친구인 오스카 폴락에게 보낸 편지에서 카프카는 '우리가 읽는 책이 우리의 머리를 주먹으로 한 대 쳐서 잠에서 깨우지 않는다면 도대체 왜 그 책을 읽는 거지? (……) 책이란 무릇 우리 내면의 꽁꽁 얼어버린 바다를 깨뜨리는 도끼가 아니면 안 되는 거야!'라고 썼다.

카프카는 처음에는 독문학을 전공할 계획이었으나 법학으로 바꾸었다. 가장 큰 이유는 출세를 바라는 가족들의 기대에 부응하기 위해서였지만, 글을 쓰는 일에 지장만 없다면 직업이 무엇이든 상관없으리라는 생각도 작용했기 때문이었다.

1906년 6월에 법학박사 학위를 받은 카프카는 민사 재판소와 형사 재판소에서 각각 6개월씩 법무 실습을 했다. 이 기간 동안 그는 빵의 조달을 가능하게 하는 직업과 작가로서의 생활을 양립시킬 수 있는 문제를 두고 깊은 고민에 빠졌다. 결국 카프카는 일반 보험회사에 입사하는 것으로 진로를 결정했다. 그리고 1908년 7월 30일에 '노동자 재해 보험국'으로 직장을 옮겨 이후 1922년 퇴직하기까지 14년간 근무하였다.

보험국의 근로 조건은 카프카의 마음에 들었다. 특히 근무 시간이 오후 2시까지인 점이 좋았다. 그는 오전 8시부터 오후 2시까지 직장 근무를 하고 귀가해서 3시부터 7시 반까지 잠을 잤다. 그 뒤 한 시간 동안 산책을 하고 가족들과 저녁 식사를 했다. 그리고 밤 11시경부터 글을 쓰기 시작하여 새벽 2시나 3시까지 창작에 몰두했다.

보험 업무를 통해 카프카는 기업들의 내면을 속속들이 꿰뚫어볼 수 있었다. 열악한 노동 조건이나 노동 환경에 대해서도 관심을 가졌다. 사회적·정치적 관심과 함께 인간의 속성에 대한 이해도 커져갔다. 선거 유세장에도 자주 나갔는데, 진보적 정치가들의 연설 내용은 뒷날 장편 〈실종자〉의 선거 장면에도 반영되었다. 클라우스 바겐바흐는 카프카를 '서민 대중의 편에 선 당시의 유일한 작가'라고 평가하기도 했다.

1908년 《히페리온》지에 카프카의 소품 8편이 〈관찰〉이라는 제목으로 실렸다. 1909년에는 〈어느 전쟁의 수기에서의 두 대화〉가 발표되었다.

1909년부터 카프카는 본격적으로 일기를 쓰기 시작하였다. 카프카의 일기는 단순한 일기가 아니라 창작상의 훈련이기도 했다. 일기는 그의 정신을 더욱 내성적이고 명상적인 경향으로 심화시켰다. 생활과 문학이 일치하는 카프카의 경우, 일기는 그가 쓴 수많은 편지와 함께 카프카의 삶과 문학을 이해하는 데에 중요한 자료로 평가를 받고 있다.

결혼과 문학이라는 갈등 속에서

카프카의 생애에 있어 1912년은 결정적인 전환의 한 해였다. 5년 간의 직장 생활을 거쳐 그는 본격적인 작가로서의 삶을 살아가기로 마음을 굳혔다. 그는 아버지에게 쓴 편지에서 '지금까지는 장사꾼처럼 살아왔습니다'라며 자신의 삶을 돌이켰다.

1912년 초에 그는 방대한 장편 〈실종자〉의 초고를 썼다. 6월 말경에는 출판업자와 최초의 단행본 〈책〉의 출판에 관한 논의가 이루어졌다. 9월에는 하룻밤 사이에 〈선고〉가 쓰였고, 이틀 후에는 〈실종자〉의 두 번째 원고가 마무리되었으며, 12월에는 그의 대표작이자 문제작인 〈변신〉이 완성되었다.

같은 해 8월 13일에 카프카는 뒷날 약혼녀가 되는 펠리체 바우어를 처음 만났다. 브로트의 집에서였다. 10월에 시작되어 1917년까지 두 사람이 주고받은 편지는 무려 500통이 넘었다. 카프카가 스스로 '편지의 홍수'라고 표현했듯이 그는 처음 3개월 동안 100통이 넘는 편지를 쓰기도 했다. 편지들에는 결혼과 창작의 갈림길에서 불안해하는 카프카의 심리가 생생하게 담겨 있다.

카프카는 결혼 생활이 창작에 방해가 될 것을 심각하게 걱정하였다. 그 심정을 카프카는 '눈에 보이지 않는 사슬에 매여 있는 기분'으로 표현했다. '결혼'이냐 '문학'이냐 하는 갈등에서 카프카의 선택은 늘 문학 쪽으로 기울었다.

1914년 6월에 카프카는 펠리체와 약혼하였다. 그러나 그는 오히려 '범인처럼 쇠사슬에 묶여 한쪽 구석에 놓여 있는' 것 같은 절망감에 사로잡혔다. 6주가 지난 뒤에 그는 약혼을 파기함으로써 범죄자로 구속되어 있는 기분에서 풀려날 수 있었다.

이때의 체험이 〈심판〉을 쓰게 된 직접적인 동기로 작용하였다. 1914년 8월에 카프카는 〈심판〉을 쓰기 시작했다. 주인공 요제프 K는 31세 생일의 전날 밤에 처형당한다. 31세가 되는 생일의 전날 밤에 카프카가 펠리체와의 약혼을 파기하기로 결심했던 것처럼.

이후 카프카는 더욱더 창작에 집중하였다. 그는 2개월 사이에 〈소송〉의 여러 장章을 썼고, 〈실종자〉의 마지막 장과 〈유형지에서〉를 집필했다.

1915년 10월에 카를 슈테른하임이 카프카에게 폰타네 상賞을 안겨주었다. 11월에는 〈변신〉이 출판되었다.

1916년 7월에 카프카는 마리엔바트에서 열흘 동안 펠리체와 함께 휴가를 보냈다. 그 무렵 유럽 전체는 제1차 세계대전의 와중에 있었다. 카프카는 펠리체와 전쟁이 끝난 뒤에 결혼하기로 약속하였다. 그리고 그는 군에 입대하고자 지원하였으나 신체 쇠약을 이유로 뜻을 이루지 못했다.

그해 9월에 〈선고〉가 출판되었고, 11월 뮌헨에서 개최된 작품 낭독회에서 〈유형지에서〉가 발표되었다. 카프카는 알키미스텐 거리로 거처를 옮기고 〈시골 의사〉를 집필하였다.

폐결핵으로 휴양지를 돌면서도 사랑을

1917년 7월 초에 카프카는 펠리체와 두 번째 약혼을 했다. 카프카는 직장을 그만두고 작가로서의 삶에만 몰두하면 결혼 생활도 가능하리라고 기대하였다. 7월 중순에 그는 펠리체와 함께 부다페스트로 여행을 떠났다. 그러나 그 여행에서 돌아오자마자 각혈이 시작되었다. 지난 5년 동안 카프카는 두통과 불면증에 시달려왔었는데 그 이유가 밝혀진 것이다. 카프카는 마침내 폐결핵이라는 진단을 받게 되었다.

카프카는 오히려 홀가분한 심정이었다. 이제는 더 이상 결혼에 미련을 가질 이유가 없이 종지부를 찍을 수 있었고, 직장과 가족에 대한 의무 등으로부터 해방될 수 있었기 때문이었다.

1917년 9월에 카프카는 8개월의 병가를 얻어 북부 보헤미아의 작은 마을 취라우로 갔다. 그는 막내 누이동생 오틀라의 농장에서 요양을 하면서 모처럼 마음 편안한 생활을 즐겼다. 취라우에서의 생활은 펠리체, 직장, 질병, 원만하지 못한 아버지와의 관계 등 온갖 고민거리들로부터 풀려난 자유의 시기였다.

오틀라는 최선을 다해 카프카를 보살폈다. 오틀라는 브로트, 그리고 뒷날 영혼의 친구로 지낸 밀레나와 함께 카프카가 마음속의 비밀을 남김없이 털어놓는 사이였다.

카프카는 취라우에서 필생의 대작 〈성〉을 착상하였고, 109편에 이르는 아포리즘과 〈일상의 혼란〉 등을 완성하였다. 그가 죽을 때까지 희망으로 간직했던 팔레스타인 여행을 위해 히브리어를 공부하였으며, 키르케고르와 친해지기도 했다.

1917년 12월 말에 카프카는 펠리체와의 결별을 확정하였다. 그러나 그 결혼을 찬성했던 아버지의 완강한 반대에 맞닥뜨렸다. 아버지와의 심각한 대립은 2년 후에 발표된 〈아버지께 드리는 편지〉에서 절정에 이르렀다.

1918년 11월에 카프카는 다시 4개월의 병가를 얻어 엘베 강변의 슐레지엔에서 체류하였다. 그때 그가 묵었던 슈트들 여관에서 체코 아가씨 율리에 보리체크를 알게 되어 반년 뒤에 약혼하였다.

그러나 율리에가 가난한 프라하 제화공의 딸이라는 이유로 아버지의 강한 반대에 부딪혀 결국 세 번째 약혼도 실패로 끝나고 말았다.

1919년 5월에 〈유형지에서〉가 출판되었고, 연말에는 〈시골 의사〉가 출판되었다.

1920년 4월에 카프카는 3개월의 병가를 얻어 메란으로 요양을 떠났다. 그곳에서 그는 밀레나 에젠스키에게 편지를 썼다. 그녀는 이전에 카프카의 몇몇 작품을 체코어로 번역하도록 허락해달라는 부탁을 한 적이 있었다. 이때부터 시작된 두 사람의 편지 왕래는 점차 사랑으로 발전하였다. 카프카는 '삶은 밀레나를 통해 나에게 손을 내밀었다'라고 쓰기도 했다.

그러나 애초부터 이루어지기 어려운 사랑이었다. 카프카보다 열두 살이나 젊은 밀레나는 기혼 여성이었으며, 유대인이 아닌 체코의 유서 깊은 가문 출신이었다. 카프카는 그녀를 사랑하면서도 펠리체와의 관계에서 경험한 것처럼 그 사랑이 파국으로 끝날 것을 두려워했다.

결국 두 사람은 고통스럽게 헤어졌지만, 밀레나는 카프카의 마음속에 '어둠 속에서 빛나는 한 줄기 빛'과 같은 존재로 남았다. 그녀의 여러 가지 특징은 장편소설 〈성〉의 여주인공인 프리다의 모습으로 표현되었다. 밀레나를 향한 카프카의 사랑의 오뇌와 환희는 1952년에 프라하의 출판인인 빌리 하스가 출간한 〈밀레나에게 보내는 편지〉를 통해 비로소 세상에 알려지게 되었다.

1920년 12월에 건강이 악화된 카프카는 폴란드와의 접경 지역에 있는 타트라스의 마틀리아리 요양원에 머물렀다. 이 요양원에서 그는 21세의 의과 대학생이자 결핵 환자인 로베르트 클로프슈토크와 사귀었다. 서로 동질감과 동정심을 느낀 두 사람은 카프카가 죽을 때까지 아주 가까운 관계를 유지했다.

1921년 8월에 프라하로 돌아온 카프카는 〈첫 번째 고통〉을 썼다. 이 작품은 줄 위에서 완벽한 균형을 유지하며 살아야 하는 공중곡예사에 대한 이야기로 사람들과의 관계를 단절하고 고독과 고통 속에 살아야 했던 카프카의 자화상이기도 했다.

1922년 1월 말부터 카프카는 제앙 산의 기슭에 자리한 슈핀델밀레에서 의사와 함께 3주를 보냈다. 카프카는 당시 정신적으로나 육체적으로 몹시 피폐한 상태에 있었다. 그는 자신의 인생에서 실패했던 일들의 목록을 일기 속에 적어놓았다. 그리고 온통 눈으로 덮인 쓸쓸한 풍경을 바라보면서 〈성〉을 집필하기 시작하였다.

마지막 생의 불꽃으로 쓴 명작 소설들

카프카의 건강은 점점 더 나빠졌다. 더 이상 직장 생활이 불가능해서 7월 1일에는 보험국에 사표를 제출하였다. 퇴직 후 카프카는 플라나에 있는 오틀라의 집에서 기거하면서 계속 〈성〉을 집필하는 한편 〈단식 광대〉, 〈어느 개의 연구〉 등을 썼다.

'나는 행복하지 않다. 그 대신 행복의 문턱에 있다.'

1923년 7월 카프카는 친구인 후고 베르크만에게 보낸 편지에 이렇게 적었다.

당시 카프카는 누이동생 엘리와 함께 발트 해 연안의 뮈르츠에 머무르고 있었다. 그곳에서 그는 19세의 폴란드계 유대인 여성인 도라 디아만트를 알게 되었다. 그녀는 베를린 유대인 학교가 경영하는 여름학교에서 보조교사로 일하고 있었다. 카프카는 소녀처럼 천진난만하고 소박한 그녀의 성격에 매혹을 느꼈다. 도라 역시 얼마 남지 않은 카프카의 삶에 기꺼이 동반자가 되어주었다.

그해 9월부터 카프카는 베를린 교외 슈테글리츠에 방을 얻어 도라와 함께 지냈다. 10월에는 그루네발트의 작은 별장으로 옮겨 생활했다. 카프카는 태어나서 처음으로 맛보는 가정생활의 행복감을 마음껏 즐겼다. 그와 더불어 마지막 창작의 열의를 불태워 여러 작품을 썼다. 도라는 더 이상 필기할 힘이 남아 있지 않은 카프카를 대신하여 그의 글을 받아 적었다. 이 무렵에 쓴 〈작은 여인〉 속에는 도라의 초상이 묘사되어 있다.

안타깝게도 그루네발트에서 쓴 많은 작품은 〈작은 여인〉과 〈건축물〉을 제외하고는 대부분 유실되었다. 일부는 카프카의 부탁으로 도라가 소각하였고, 일부는 뒷날 나치의 비밀경찰에 의해 압수되기도 했다.

전후 독일의 극심한 인플레이션은 가난한 카프카에게 영양 부족을 초래하였다. 1924년 3월 초에 카프카의 병세는 극도로 약화되었다. 〈시골 의사〉의 모델이었던 외숙부 지크프리트 뢰비와 브로트가 베를린으로 와서 카프카를 프라하로 옮겼다. 폐결핵은 이미 후두에까지 번져 있어서 치료가 불가능했다.

4월 초에 카프카는 비엔나 교외의 뷔너발트 요양소로 옮겨졌다가 다시 비엔나 대학 부속병원으로, 그리고 4월 말경에는 키를링의 요양소로 옮겨졌다. 도라와 클로프슈토크가 내내 카프카의 곁을 지켰고, 브로트도 여러 차례 방문했다.

1924년 6월 3일 카프카는 도라와 클로프슈토크가 지켜보는 가운데 숨을 거두었다. 41세 생일을 맞기 한 달 전이었다. 8일 뒤인 11일에 카프카는 프라하의 시트라슈니츠 유대인 묘지에 묻혔다. 친구 브로트가 조사를 낭독했다. 7년간의 불행한 결혼 생활을 끝내고 프라하의 한 신문사에서 일하던 밀레나가 〈프란츠 카프카〉라는 제목의 조사를 신문에 발표했다.

'그는 혜안을 가진 인간이었고, 삶을 꾸려가기에는 너무나 현명한 인간이었으며, 이 세상을 헤쳐가기에는 너무나 연약한 인간이었습니다. 공포와 오해와 사랑의 부재와 지적인 사기, 이 모든 것들과 싸워나가기에는 부적합한, 고귀하고 아름다운 나약함을 가진 인간이었습니다.'

친구 브로트는 '모두 없애달라'는 카프카의 부탁을 듣지 않고 남아 있던 원고들을 모아 책으로 펴내기로 했다. 〈심판〉은 1925년에, 〈성〉은 1926년에, 〈아메리카〉는 1927년에 각각 출판되었다. 펠리체와 밀레나도 카프카와 주고받았던 편지들을 브로트에게 내주어 세상에 알려지게 되었다.

카프카의 생각

1판 1쇄 발행일 ㅣ 2017년 9월 25일

엮은이 ㅣ 세계명작읽기모임
펴낸이 ㅣ 김채민

편집 ㅣ 홍영사
인쇄 및 제본 ㅣ 새한문화사
용지 ㅣ 한국출판지류유통

펴낸곳 ㅣ 힘찬북
출판등록 ㅣ 제410-2017-000143호
주소 ㅣ 서울특별시 마포구 망원로 94, 301호
전화 ㅣ 02-2272-2554
팩스 ㅣ 02-2272-2555
이메일 ㅣ hcbooks17@naver.com

ISBN 979-11-961655-2-9 03850

• 이 책은 저작권법에 따라 보호받는 저작물이므로 무단 전재와 무단 복제를 금합니다.
• 잘못된 책은 구입하신 곳에서 바꾸어 드립니다.